我的第一本
自然發音
記單字

QR碼
行動學習版

全MP3一次下載

AllTracks.zip

※iOS系統請升級至iOS13後再行下載

史上最輕鬆的漸進式單字記憶法！
看、聽、笑、唱、記，教你3秒拼出單字！
學自然發音同時記住單字！

學會自然發音就能同時記住2000個以上的單字
精通11個國家語言的英國牛津大學學生也認為用唱的學語言最快又不易忘!!

step 1　看圖、聽口訣，哈哈大笑記住發音規則

用圖片、節奏輕鬆記住基本發音

「看圖＋聽節奏口訣」最能幫助快速記憶，不知不覺就記住自然發音規則與字母的關係。以往難唸的基本發音，在潛移默化下馬上就記住。

用 Rap 記憶自然發音口訣，例如：

E媽媽和A媽媽都跑第一[iii]

用幽默故事記住發音規則

以幽默的故事結合發音規則，輕鬆就記住拼字結構中的發音規則。太多的理論記不住，就用幽默故事來提醒你「ea唸成 [i]」，單字一看就會唸。

發音記憶規則，例如：

母音ea一起出現時，都唸成「i」

用故事記發音規則超輕鬆：

e媽媽和a媽媽『一』起跑第一，所以ea唸成「i」

step 2　聽RAP記單字 用唱的學會多國語言更容易!!

在許多單字中發現固定的發音規則後，記單字就變得非常輕鬆，還能達到長久記憶的效果，完全打通記單字的任督二脈。精通11國語言的英國牛津大學男孩羅林斯也說，學語言如果有音樂旋律唱，記單字超級輕鬆自然事半功倍！

聽 Rap 記單字：

一邊聽 Rap，一邊注意字母 ea [i] 的發音，就能很快把單字記住喔!

 each 每一個	e.a e.a，[iii]，c.h c.h，[tʃ tʃ tʃ]，e.a.c.h，[itʃ itʃ]，each

step

3 用學過的單字，一個音記更多新單字

學會簡單單字後，繼續用同樣的規則與Rap的律動來記更多單字。趁著記憶猶新你還能記更多複雜單字。例如學會「seat」這個單字後，就可以記住sea、seafood、season等單字，達到「學習新單字、複習舊單字」！

ea [i]

seat 座位

sea	[si]	海
seafood	[ˋsi͵fud]	海鮮
season	[ˋsizn̩]	季節

step

4 音節拼字練習，「聽＆說」就能永生難忘

換個方式再來一次！將剛學的複雜單字按音節拆開，重新複習拼字、發音。從音節拆字中，用熟悉的發音規則記單字吧。

按音節發音與拼字，不用背就記的住，例如：

老鷹

ea + **gl** = **eagle**

The **eagle** is flying in the sky.
老鷹在天空飛翔。

step

5 更多新單字，一口氣就背完

掌握了以自然發音規則來記單字的技巧，看到什麼單字你都會唸，唸完就會拼。本書歸納了更多新單字，用學到的規則，一邊指，一邊唸，一口氣唸完就記住。

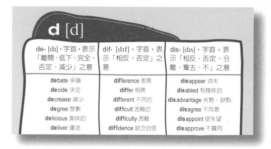

d [d]

de- [dɪ]，字首，表示「離開、低下、完全、否定、減少」之意	dif- [dɪf]，字首，表示「相反、否定」之意	dis- [dɪs]，字首，表示「相反、否定、分離、奪去、不」之意
debate 爭論	**dif**ference 差異	**dis**appear 消失
decide 決定	**dif**fer 相異	**dis**abled 有殘疾的
decrease 減少	**dif**ferent 不同的	**dis**advantage 劣勢、缺點
degree 度數	**dif**ficult 困難的	**dis**agree 不同意
delicious 美味的	**dif**ficulty 困難	**dis**appoint 使失望
deliver 運送	**dif**fidence 缺乏自信	**dis**approve 不贊同

step

6 精心整理方便查閱的索引

按照A到Z順序的單字索引，超過2000以上的單字。以「教育部公布基礎單字」為基礎，非常適合初學者，以及想要幫助小朋友學習英文的家長或老師們。

索引 Index

＊藍色字為教育部國中英文單字2000內之單字

A

aboard 196	airmail 23	around 66
abroad 196	airplane 23	arrive 113
absent 261	airport 23	artist 38
acceptable 66	alarm 68	ask 126
accuse 252	albums 229	asleep 66
across 66	alike 66	assistance 67
action 171	alive 66	assistant 67
	all 35	associate 261
	almost 67	assume 263

目錄

備註：ⓑ、ⓓ、ⓔ 等空心虛字代表字母不發音。

字母 **a**

發音符號 [æ]

Rap記憶口訣

A小妹 沒禮貌
說起話來 [æ æ æ]

發音規則

子音 + a + 子音，a 唸成 [æ]

用故事記發音規則

a 媽媽前面抱著一個兒子，後面背著一個兒子，一邊追著公車，一邊喊：「æ æ æ 等等我呀！」

聽rap記單字

一邊聽 rap，一邊注意字母 a [æ] 的發音，就能很快把單字記住喔!

 001-2

1	**bad** 壞的	字母 b，[bbb]，字母 a，[æ æ æ]，b.a b.a，[bæ bæ bæ]，bad
2	**cat** 貓	字母 c，[kkk]，字母 a，[æ æ æ]，c.a c.a，[kæ kæ kæ]，cat
3	**pass** 經過	字母 p，[ppp]，字母 a，[æ æ æ]，p.a p.a，[pæ pæ pæ]，pass
4	**rat** 老鼠	字母 r，[rrr]，字母 a，[æ æ æ]，r.a r.a，[ræ ræ ræ]，rat

bad 壞的

badminton	[ˋbædmɪntən]	羽毛球
balcony	[ˋbælkənɪ]	陽台
band	[bænd]	樂團

badminton

cat 貓

camp	[kæmp]	露營
can	[kæn]	罐子
cap	[kæp]	棒球帽

camp

pass 經過

pan	[pæn]	平底鍋
past	[pæst]	過去
pattern	[ˋpætɚn]	花樣

pan

rat 老鼠

rabbit	[ˋræbɪt]	兔子
rap	[ræp]	饒舌歌
rapid	[ˋræpɪd]	快速的

rabbit

11

001-4

bad + min + ton = badminton

羽毛球

I like playing **badminton**.
我喜歡打羽毛球。

bal + co + ny = balcony

陽台

The building has a **balcony**.
這棟建築有一個陽台。

ban + d = band

樂團

He has set up a **band**.
他成立了一個樂團。

cam + p = camp

露營

They are **camping** in the countryside.
他們在鄉下露營。

ca + n = can

罐子

There are three **cans** on the table.
桌上有三個罐子。

ca + p = cap

棒球帽

She is wearing a **cap**.
她戴著一頂棒球帽。

pa + **n** = **pan**

平底鍋

John bought a **pan** yesterday.
約翰昨天買了一個平底鍋。

pas + **t** = **past**

過去

I had a bike in the **past**.
我過去有一台腳踏車。

pat + **tern** = **pattern**

*中空字母表示該字母不發音。

花樣

I like the **pattern** on the skirt.
我喜歡這件裙子的花樣。

rab + **bit** = **rabbit**

兔子

The **rabbit** is jumping into the hole.
兔子正往洞裡跳進去。

ra + **p** = **rap**

饒舌歌

Do you like **rap** music? 你喜歡饒舌歌嗎？

rap + **id** = **rapid**

快速的

There're some **rapid** changes in the environment.
環境上有些很快速的改變。

13

a [æ] 發音規則 子音＋a＋子音，a 唸 [æ]

bat

pack

fat

bag

聽 rap 記單字	一邊聽 rap，一邊注意字母 a [æ] 的發音，就能很快把單字記住喔！

1 **fat** 肥的	字母 f，[fff]，字母 a，[æ æ æ]， f.a f.a，[fæ fæ fæ]，fat
2  **bat** 蝙蝠	字母 b，[bbb]，字母 a，[æ æ æ]， b.a b.a，[bæ bæ bæ]，bat
3 **pack** 打包	字母 p，[ppp]，字母 a，[æ æ æ]， p.a p.a，[pæ pæ pæ]，pack
4 **bag** 袋子	字母 b，[bbb]，字母 a，[æ æ æ]， b.a b.a，[bæ bæ bæ]，bag

14

fat 肥的

factory	[ˋfæktərɪ]	工廠
fan	[fæn]	扇子
fast	[fæst]	快的

factory

bat 蝙蝠

bank	[bæŋk]	銀行
basket	[ˋbæskɪt]	籃子
bath	[bæθ]	浴盆

bank

002-3

a [æ]

pack 打包

pat	[pæt]	輕拍
parrot	[ˋpærət]	鸚鵡
path	[pæθ]	路徑

pat

bag 袋子

back	[bæk]	背部
bacteria	[bækˋtɪrɪə]	細菌
balance	[ˋbæləns]	平衡

back

002-4

工廠

fac + to + ry = factory

Workers in the **factory** ordered hamburgers for lunch. 那間工廠的工人訂了漢堡當午餐。

扇子

fa + n = fan

I can't live without electric **fans** in summer. 夏天沒有電風扇我就活不下去。

快地

fas + t = fast

He runs **fast**. 他跑得很快。

銀行

ban + k = bank

The **bank** is next to the post office. 那家銀行就在郵局旁邊。

籃子

bas + ket = basket

There are five apples in the **basket**. 那個籃子裡有五顆蘋果。

浴盆

ba + th = bath

The little boy soaks his toys in the **bath**. 小男孩把玩具浸到澡盆裡。

pa + t = pat

輕拍　Mom **pats** me on the back. 媽媽輕拍我的背。

par + rot = parrot

鸚鵡　He has a pet **parrot** named Cutie.
他有一隻名叫小可愛的寵物鸚鵡。

pa + th = path

路徑　They take a walk down the garden **path**.
他們在花園小徑散步。

ba + ck = back

背部　My first horse**back** riding was very exciting.
我第一次騎馬的經驗非常刺激。

bac + te + ri + a = bacteria

細菌　Wash your hands carefully to prevent **bacteria**.
要仔細的洗手來防止細菌。

bal + ance = balance

平衡　We should **balance** our income and expenses.
我們應該要讓我們的收支平衡。

a [æ]　發音規則　子音＋a＋子音，a 唸[æ]

mad →
← man
land →
sad

聽rap記單字	一邊聽 rap，一邊注意字母 a [æ] 的發音，就能很快把單字記住喔!

1 　**mad** 生氣的	字母 m，[mmm]，字母 a，[æææ]，m.a m.a，[mæ mæ mæ]，mad
2 　**man** 男人	字母 m，[mmm]，字母 a，[æææ]，m.a m.a，[mæ mæ mæ]，man
3 　**sad** 難過的	字母 s，[sss]，字母 a，[æææ]，s.a s.a，[sæ sæ sæ]，sad
4 　**land** 陸地	字母 l，[lll]，字母 a，[æææ]，l.a l.a，[læ læ læ]，land

18

mad 生氣的

mask	[mæsk]	面具
mat	[mæt]	地墊
match	[mætʃ]	火柴

mask

man 男人

magazine	[ˌmægəˋzin]	雜誌
mango	[ˋmæŋgo]	芒果
map	[mæp]	地圖

magazine

a [æ]

sad 難過的

salad	[ˋsæləd]	沙拉
sand	[sænd]	沙
satisfy	[ˋsætɪsˌfaɪ]	滿足

salad

land 陸地

lack	[læk]	缺乏
lamp	[læmp]	燈泡
lantern	[ˋlæntɚn]	燈籠

lack

003-4

面具

mas + **k** = **mask**

I designed a special **mask** for the party.
我為了這個派對設計了特別的面具。

地墊

ma + **t** = **mat**

Oh my God! Jimmy has poured coffee on my new **mat**!
天啊！吉米把咖啡潑在我新買的地墊上！

火柴

mat + **ch** = **match**

Dad has been collecting **match** boxes for years.
爸爸收集火柴盒已經好幾年了。

雜誌

mag + **a** + **zine** = **magazine**

What kind of **magazine** do you read?
你看的是哪種雜誌？

芒果

man + **go** = **mango**

She likes to have **mango** slush after meal.
她喜歡在飯後來杯芒果冰沙。

地圖

ma + **p** = **map**

Do you know how to read this **map**?
你知道怎麼看這張地圖嗎？

20

沙拉

sal + **ad** = **salad**

People who want to lose weight often eat **salad**.
想減肥的人常吃沙拉。

沙

san + **d** = **sand**

We went to the beach and built a **sand** castle.
我們去海邊堆沙堡。

滿足

sat + **is** + **fy** = **satisfy**

Only jewels can **satisfy** the picky princess.
只有珠寶能滿足那位挑剔的公主。

缺乏

la + **ck** = **lack**

People who **lack** exercises get fat easily.
缺乏運動的人容易發胖。

燈泡

lam + **p** = **lamp**

Dad, the **lamp** in my room doesn't work.
爸，我房間的燈泡壞了。

燈籠

lan + **tern** = **lantern**

She made a pumpkin **lantern** for Halloween.
她做了一個萬聖節南瓜燈籠。

21

學會自然發音

字母 **a**

發音符號 [ɛ]

Rap記憶口訣

A小妹　說笑話
空氣好冷ㄟ [ɛɛɛ]

發音規則

-air-，有可能唸 [ɛr]

用故事記發音規則

a 小妹愛講冷笑話，空氣好冷『ㄟ』，所以唸成 [ɛ]。

我愛說冷笑話

聽rap記單字

一邊聽 rap，一邊注意字母 a [ɛ] 的發音，就能很快把單字記住喔!

004-2

1 **fair** 金黃色（髮）	字母 f，[fff]，a.i.r，[ɛr ɛr ɛr]，f.a.i.r，[fɛr fɛr]，fair
2 **hair** 頭髮	字母 h，[hhh]，a.i.r，[ɛr ɛr ɛr]，h.a.i.r，[hɛr hɛr]，hair
3 **pair** 一對	字母 p，[ppp]，a.i.r，[ɛr ɛr ɛr]，p.a.i.r，[pɛr pɛr]，pair
4 **chair** 椅子	c.h c.h，[tʃ tʃ tʃ]，a.i.r，[ɛr ɛr ɛr]，c.h.a.i.r，[tʃɛr tʃɛr]，chair

fair 金黃色（髮）

stairs	[stɛrz]	階梯
downstairs	[ˌdaʊnˋstɛrz]	樓下
upstairs	[ˋʌpˋstɛrz]	樓上

stairs

hair 頭髮

hairdryer	[ˋhɛrˌdraɪə]	吹風機
haircut	[ˋhɛrˌkʌt]	剪頭髮
repair	[rɪˋpɛr]	修理

hairdryer

air [ɛr]

pair 一對

airlines	[ˋɛrˌlaɪnz]	航空公司
airplane	[ˋɛrˌplen]	飛機
airport	[ˋɛrˌport]	飛機場

airlines

chair 椅子

armchair	[ˋɑrmˌtʃɛr]	單人沙發
air	[ɛr]	空氣
airmail	[ˋɛrˌmel]	航空信

armchair

004-4

階梯

st + **airs** = **stairs**

The **stairs** to the roof are narrow.
通往屋頂的階梯很窄。

樓下

down + **stairs** = **downstairs**

Let's go **downstairs** and watch TV.
我們去樓下看電視吧。

樓上

up + **stairs** = **upstairs**

Go **upstairs** and you can find the bookstore.
上樓就可以看到那家書店了。

吹風機

hair + **dry** + **er** = **hairdryer**

Mom, do you see the **hairdryer**?
媽，妳有看到吹風機嗎？

剪頭髮

hair + **cut** = **haircut**

I had a **haircut** yesterday.
我昨天剪了頭髮。

修理

re + **pair** = **repair**

Uncle, can you **repair** my teddy bear?
叔叔，能幫我把泰迪熊修好嗎？

air + lines = airlines

航空公司 The competition is between these two **airlines**.
這兩家航空公司彼此競爭。

air + plane = airplane

飛機 The company produces **airplanes**.
那家公司專門製造飛機。

air + port = airport

飛機場 I will arrive at the **airport** at 9 a.m.
我會在上午九點抵達機場。

arm + chair = armchair

單人沙發 Grandpa is sitting in the **armchair**.
爺爺坐在單人沙發上。

air = air

空氣 Do you enjoy the fresh **air** in the morning?
你喜歡早晨清新的空氣嗎？

air + mail = airmail

航空信 Hey, you've got an **airmail**.
嘿，你收到了航空信。

a [ɛ]

發音規則 -are-，有可能唸 [ɛr]

pare

Dare you?

barefoot

square

聽rap記單字 一邊聽 rap，一邊注意字母 a [ɛ] 的發音，就能很快把單字記住喔!

1 **dare** 敢	字母 d，[ddd]，a.r.e，[ɛr ɛr ɛr]， d.a.r.e，[dɛr dɛr dɛr]，dare
2 **pare** 削果皮	字母 p，[ppp]，a.r.e，[ɛr ɛr ɛr]， p.a.r.e，[pɛr pɛr pɛr]，pare
3 **barefoot** 赤腳地	字母 b，[bbb]，a.r.e，[ɛr ɛr ɛr]， b.a.r.e，[bɛr bɛr bɛr]，barefoot
4 **square** 廣場	q.u q.u，[kw kw kw]，a.r.e，[ɛr ɛr ɛr]， s.q.u.a.r.e，[skwɛr skwɛr skwɛr]，square

dare 敢

care	[kɛr]	小心
careful	[ˋkɛrfəl]	小心的
careless	[ˋkɛrlɪs]	粗心的

care

pare 削果皮

compare	[kəmˋpɛr]	比較
prepare	[prɪˋpɛr]	準備
rare	[rɛr]	稀少的

compare

005-3

are [ɛr]

barefoot 赤腳地

bare	[bɛr]	赤裸的
fare	[fɛr]	交通費用
farewell	[ˋfɛrˋwɛl]	再會

bare

square 廣場

scared	[skɛrd]	恐懼的
share	[ʃɛr]	分享
flare	[flɛr]	火光

scared

005-4

小心

c + are = care

Please take **care** of yourself.
請好好照顧自己。

小心的

care + ful = careful

Miss Brown is a **careful** dentist.
布朗小姐是位細心的牙醫師。

粗心的

care + less = careless

Tom is a **careless** boy.
湯姆是個粗心的男孩。

比較

com + pare = compare

Compare before you shop for the best deals.
貨比三家不吃虧。

準備

pre + pare = prepare

Do you know how to **prepare** for dinner party?
你知道該怎麼準備晚餐派對嗎？

稀少的

r + are = rare

This kind of rose is pretty **rare**.
這個品種的玫瑰花相當稀有。

赤裸的

b + are = bare

It's dangerous to take hot soup with **bare** hands.
空手去拿熱湯是很危險的。

交通費用

f + are = fare

Do you have enough money for the taxi **fare**?
你的錢夠搭計程車嗎？

再會

fare + well = farewell

Her **farewell** party will start at 7 p.m.
她的歡送會將在晚上七點開始。

恐懼的

s + care + d = scared

Peggy is **scared** to swim.
佩姬對游泳感到恐懼。

分享

sh + are = share

My sister and I **share** a room.
我和姊姊共用一個房間。

火光

f + lare = flare

The candle gave a **flare**.
燭焰搖曳生光。

學會自然發音

字母 **a**

發音符號 **[ə]**

Rap記憶口訣

A小妹 肚子好餓 [əəə]

發音規則

字母 a 在弱音節，唸 [ə]

用故事記發音規則

a 小妹肚子『餓』，很虛『弱』，所以唸成弱音的 [ə]。

唉唷，我肚子好餓

聽rap記單字

一邊聽 rap，一邊注意字母 a [ə] 的發音，就能很快把單字記住喔!

006-2

1

banana 香蕉

字母 b，[bbb]，字母 a，[əəə]，
b.a b.a，[bə bə bə]，banana

2
papaya 木瓜

字母 p，[ppp]，字母 a，[əəə]，
p.a p.a，[pə pə pə]，papaya

3
pajamas 睡衣

字母 m，[mmm]，字母 a，[əəə]，
m.a m.a，[mə mə mə]，pajamas

4
Canada 加拿大

字母 n，[nnn]，字母 a，[əəə]，
n.a n.a，[nə nə nə]，Canada

banana 香蕉

balloon	[bə`lun]	氣球
hus**ba**nd	[`hʌzbənd]	丈夫
pro**ba**bly	[`prɑbəblɪ]	或許

balloon

papaya 木瓜

papa	[`pɑpə]	父親
patrol	[pə`trol]	巡邏
Pacific	[pə`sɪfɪk]	太平洋

papa

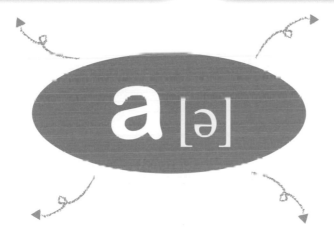

a [ə]

006-3

pajamas 睡衣

Christ**mas**	[`krɪsməs]	聖誕節
pri**ma**ry	[`praɪˌmərɪ]	初級的
com**ma**	[`kɑmə]	逗點

Christ**mas**

Canada 加拿大

Chi**na**	[`tʃaɪnə]	中國
fashio**na**ble	[`fæʃənəbl]	流行的
jour**na**list	[`dʒɝ·nəlɪst]	新聞記者

Chi**na**

006-4

氣球

ba + **loon** = **balloon**

Which **balloon** do you like?
你喜歡哪一個氣球？

丈夫

hus + **band** = **husband**

Her **husband** is a kind person.
她的丈夫為人很和氣。

或許

pro + **bab** + **ly** = **probably**

He **probably** left the books in his room.
或許他把書留在房間裡了。

父親

pa + **pa** = **papa**

I gave a present to **papa**.
我送爸爸一個禮物。

巡邏

pa + **trol** = **patrol**

Policemen are **patrolling** around the area.
警察在那一帶巡邏。

太平洋

Pa + **ci** + **fic** = **Pacific**

The **Pacific** Ocean is the largest of the five oceans in the world. 太平洋是世界五大洋裡最大的。

Christ + mas = Christmas

聖誕節

We plan to send grandmother a present at **Christmas**. 我們打算送奶奶耶誕禮物。

pri + ma + ry = primary

初級的

I started **primary** school when I was 7 years old. 我在七歲的時候開始上小學。

com + ma = comma

逗點

Don't forget to use a **comma** if you want to list several things in your paper. 如果你想在報告裡列舉好幾樣東西，別忘了加上逗點。

Chi + na = China

中國

Cute pandas are born in **China**. 可愛的熊貓是在中國出生的。

fa + shio + na + ble = fashionable

流行的

She is wearing a **fashionable** skirt. 她穿著一件款式時髦的裙子。

jour + nal + ist = journalist

新聞記者

Tina is a professional **journalist**. 提娜是位專業的新聞記者

學會自然發音

字母 **a**

發音符號 [ɔ]

007-1

Rap記憶口訣

A小妹　被球打到 好痛ㄛ！[ɔɔɔ]

發音規則

當字母 a 遇到 l、u、w 時，a 跟 l、u、w 合唸成 [ɔ]

用故事記發音規則

a 媽媽拿一枝長棍子(l)，小孩 w 形的跑給 a 媽媽追，一面大喊：「打人『ㄛ』」，所以唸 [ɔ]。

好痛ㄛ

聽rap記單字

一邊聽 rap，一邊注意字母 a [ɔ] 的發音，就能很快把單字記住喔!

007-2

1 **tall** 高的	字母 t，[ttt]，a.l a.l，[ɔɔ]，t.a.l.l，[tɔl tɔl]，tall
2 **draw** 畫	d.r d.r，[dr dr]，a.w a.w，[ɔɔ]，d.r.a.w，[drɔ drɔ]，draw
3 **ball** 球	字母 b，[bbb]，a.l a.l，[ɔɔ]，b.a.l.l，[bɔl bɔl]，ball
4  **autumn** 秋天	a.u a.u，[ɔɔ] 字母 t，[ttt]，a.u.t，[ɔt ɔt].t.u，autumn，autumn，autumn

tall 高的

all	[ɔl]	全部的
talk	[tɔk]	說話
talkative	[ˋtɔkətɪv]	愛說話的

all

draw 畫

drawer	[ˋdrɔɚ]	畫家
dawn	[dɔn]	清晨
law	[lɔ]	法律

drawer

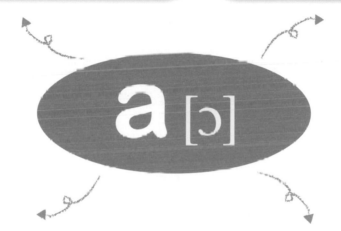

a [ɔ]

007-3

ball 球

baseball	[ˋbes͵bɔl]	棒球
basketball	[ˋbæskɪt͵bɔl]	籃球
bald	[bɔld]	禿頭

baseball

autumn 秋天

August	[ˋɔgəst]	八月
cause	[kɔz]	引起
because	[bɪˋkɔz]	因為

August

007-4

al + **l** = **all**

全部的

All the strawberries are mine.
所有的草莓都是我的。

tal + **k** = **talk**

說話

Don't **talk** with your mouth full.
嘴巴塞滿東西時不要說話。

talk + **a** + **tive** = **talkative**

愛說話的

Judy is very **talkative**.
茱蒂非常健談。

draw + **er** = **drawer**

畫家

Little Kitty wishes to be a **drawer**.
小凱蒂夢想成為畫家。

daw + **n** = **dawn**

清晨

I get up at **dawn**.
我天一亮就起床。

l + **aw** = **law**

法律

Karen is her sister-in-**law**.
凱倫是她嫂嫂。

base + **ball** = **baseball**

棒球

Kenny is good at playing **baseball**.
肯尼很擅長打棒球。

basket + **ball** = **basketball**

籃球

Let's play **basketball** outside!
一起去外面打籃球吧！

bal + **d** = **bald**

禿頭

As time goes by, he grows **bald**.
隨著時間流逝，他的頭漸漸禿了。

Au + **gust** = **August**

八月

Father's Day in Taiwan is on **August** 8th.
台灣的父親節是八月八日。

cau + **s**e = **cause**

引起

The typhoon **caused** great damage.
颱風引起嚴重的災害。

be + **caus**e = **because**

因為

I love you **because** you are brave and kind.
我喜歡你，因為你勇敢又仁慈。

字母 **a**

發音符號 **[a]**

Rap記憶口訣

A小妹 妳的家
好遠啊！[aaa]

發音規則

ar 在重音節時唸 [ar]

far
我家好遠
ㄚ

用故事記發音規則

r 小妹老是駝背，a 媽媽遇到都會問她：「妳的背怎麼都彎彎的『ㄚ』？」，所以唸 [ar]。

聽rap記單字

一邊聽 rap，一邊注意字母 a [a] 的發音，就能很快把單字記住喔！

008-2

1 **artist** 藝術家	字母 a，[aa]，字母 r，[rr]， a.r a.r，[ar ar]，artist
2 **farmer** 農夫	字母 f，[fff]，a.r a.r，[ar ar ar]， f.a.r，[far far]，farmer
3 **car** 車	字母 c，[kkk]，a.r a.r，[ar ar ar]， c.a.r，[kar kar]，car
4 **park** 公園	字母 p，[ppp]，a.r a.r，[ar ar ar]， p.a.r.k，[park park]，park

artist 藝術家

are	[ɑr]	be 動詞複數
arm	[ɑrm]	手臂
argue	[`ɑrgju]	爭辯

are

farmer 農夫

farm	[fɑrm]	農場
far	[fɑr]	遠的
faraway	[`fɑrə`we]	遙遠的

farm

008-3

ar [ɑr]

car 車

card	[kɑrd]	卡片
cartoon	[kɑr`tun]	卡通
carve	[kɑrv]	雕刻

card

park 公園

part	[pɑrt]	部分
party	[`pɑrtɪ]	派對
pardon	[`pɑrdn̩]	原諒

part

用聽的記單字，不用背就記的住！

008-4

is am → are   ar + = are

be動詞複數

You **are** my sunshine.
你是我的陽光。

ar + m = arm

手臂

The baby is sleeping in the mother's **arms**.
嬰兒在母親的臂彎裡睡著。

ar + gu = argue

爭辯

Stop **arguing** with your sister.
不要再跟姊姊吵架。

far + m = farm

農場

Old McCarthy has a **farm**.
麥卡錫老先生有一座農場。

f + ar = far

遠的

Denmark is **far** away from Spain.
丹麥和西班牙相距甚遠。

far + a + way = faraway

遙遠的

I have some friends in **faraway** countries.
我有些朋友住在非常遙遠的國家。

40

car + **d** = **card**

卡片

I received her Christmas **card**.
我收到她的耶誕卡。

car + **toon** = **cartoon**

卡通

Children love **cartoons**.
小孩子都喜歡卡通。

car + **ve** = **carve**

雕刻

Do you know who **carved** this statue?
你知道誰刻了這座雕像嗎？

par + **t** = **part**

部分

The course contains several **parts**.
課程包含了幾個部份。

par + **ty** = **party**

派對

Gina is a **party** animal.
吉娜是個派對動物。

par + **don** = **pardon**

原諒

May I beg your **pardon**?
我能請求你的原諒嗎？

學會自然發音

字母 **a**

發音符號 **[e]**

Rap記憶口訣

A小妹的名字叫做A [e]

發音規則

1. a + 子音 + e，a 唸 [e]
2. ai、ay 合唸 [e]

用故事記發音規則

a 媽媽跟 e 媽媽中間隔著很吵的小孩子，所以必須要拉長聲音說話：「『ㄟ～』你有沒有聽到我說話啦！」。

我就是[e]
我的名字叫做[e]

聽rap記單字

一邊聽 rap，一邊注意字母 a [e] 的發音，就能很快把單字記住喔!

009-2

1 **take** 參加	字母 t，[ttt]，字母 a，[ee]，t.a t.a，[te te]，take
2 **race** 競賽	字母 r，[rrr]，字母 a，[ee]，r.a r.a，[re re]，race
3 **way** 道路	字母 w，[www]，a.y a.y，[ee]，w.a.y，[we we]，way
4 **train** 火車	字母 r，[rrr]，a.i a.i，[ee]，t.r.a.i.n，[tren tren]，train

take 參加

tale	[tel]	傳説
table	[ˋtebl̩]	桌子
tape	[tep]	卡帶

tale

race 競賽

rate	[ret]	比率
rage	[redʒ]	生氣
brave	[brev]	勇敢的

rate

009-3

a [e]

way 道路

away	[əˋwe]	離開
highway	[ˋhaɪ͵we]	高速公路
subway	[ˋsʌb͵we]	地下鐵

away

train 火車

railway	[ˋrel͵we]	鐵路
brain	[bren]	大腦
rain	[ren]	下雨

railway

009-4

t + al~~e~~ = tale

傳說

Have you read Andersen's Fairy Tales?
你讀過安徒生童話嗎？

t + abl~~e~~ = table

桌子

There is a vase on the table.
桌子上有個花瓶。

t + ap~~e~~ = tape

卡帶

I like listening to the tape.
我喜歡聽這個卡帶。

r + at~~e~~ = rate

比率

The unemployment rate is rising.
失業率正在上升。

r + ag~~e~~ = rage

生氣

Joey is in a rage.
喬伊在生氣。

br + av~~e~~ = brave

勇敢的

A warrior must be brave.
身為戰士一定要勇敢。

離開

a + way = away

Leave me alone and go **away**.
走開，讓我靜一靜。

高速公路

high + way = highway

He is driving through the **highway**.
他開車行經高速公路。

地下鐵

sub + way = subway

Do you know how to read the **subway** map?
你知道怎麼看地鐵圖嗎？

鐵路

rail + way = railway

A stranger asked me how to get to the **railway** station.
有個陌生人問我要怎麼到火車站。

大腦

b + rain = brain

John has a fine **brain**.
約翰的頭腦很好。

下雨

rai + n = rain

It **rains** cats and dogs.
下起了傾盆大雨。

010-1

Rap記憶口訣

B小弟
吹泡泡 [bbb]

發音規則

字母 b 通常都唸成 [b]

用故事記發音規則

b 小弟喜歡吹泡泡，爸爸很生氣的對他說：「你『不』（ㄅ）要走到哪裡都吹泡泡好嗎？」所以不管在哪，b 都唸 [b]。

聽rap記單字

一邊聽 rap，一邊注意字母 b [b] 的發音，就能很快把單字記住喔!

010-2

1 **bake** 烘焙	字母 b，[bbb]，字母 a，[eee]，b.a b.a，[be be be]，bake
2 **bed** 床	字母 b，[bbb]，字母 e，[εεε]，b.e b.e，[bε bε bε]，bed
3 **boy** 男孩	字母 b，[bbb]，字母 o，[ɔɔɔ]，b.o b.o，[bɔ bɔ bɔ]，boy
4 **bread** 麵包	b.r b.r，[br br br]，e.a e.a，[ε ε ε]，b.r.e.a，[brε brε]，bread

bake 烘焙

bakery	[ˈbekərɪ]	麵包店
baby	[ˈbebɪ]	嬰兒
babyhood	[ˈbebɪˌhʊd]	嬰兒時期

bakery

bed 床

beg	[bɛg]	乞求
bell	[bɛl]	鈴鐺
bent	[bɛnt]	彎曲

beg

010-3

boy 男孩

boil	[bɔɪl]	煮沸
boiled	[bɔɪld]	煮熟的
boss	[bɔs]	老闆

boil

bread 麵包

breast	[brɛst]	胸部
breakfast	[ˈbrɛkfəst]	早餐
breath	[brɛθ]	呼吸

breast

010-4

ba + ke + ry = bakery

麵包店　There is a **bakery** in the corner. 轉角處有家麵包店。

ba + by = baby

嬰兒　Claire is a cute **baby**. 克萊兒是個可愛的小嬰兒。

ba + by + hood = babyhood

嬰兒時期　He wrote a book about **babyhood**.
他寫了一本關於嬰兒時期的書。

be + g = beg

乞求　She **begs** Mr. Wells not to blame her.
她乞求威爾斯先生別責罵她。

bel + l = bell

鈴鐺　Please ring the **bell** if you need help.
需要幫忙的話請搖鈴。

ben + t = bent

彎曲　The stick is **bent**. 那根手杖被折彎了。

boi + l = boil

煮沸　The water is **boiling**. 水煮開了。

boi + l + ed = boiled

煮熟的　Mom **boiled** eggs and prepared salad.
媽媽把雞蛋煮熟，也準備了沙拉。

bos + s = boss

老闆　Mr. Smith is his new **boss**. 史密斯先生是他的新老闆。

brea + st = breast

胸部　**Breast** cancer is the most common cancer among
women. 乳癌是婦女中最常見的癌症。

break + fast = breakfast

早餐　We usually have croissant and coffee for **breakfast**.
我們早餐通常吃可頌麵包配咖啡。

brea + th = breath

呼吸　She is reading a report about shortness of **breath**.
她正在讀一篇有關呼吸困難的報導。

學會自然發音

字母 **C**

發音符號 **[k]**

011-1

C小弟 吃維他命C
才不會咳嗽 [kkk]

我吃維他命C,我很健康喔!

發音規則

字母 c 大部分都唸成 [k]

用故事記發音規則

c小弟『吸』到髒空氣會『咳』嗽,所以唸 [k]。

聽rap記單字

一邊聽 rap,一邊注意字母 c [k] 的發音,就能很快把單字記住喔!

011-2

1 **cute** 可愛的	字母 c,[kkk],字母 u,[ju ju ju], c.u c.u,[kju kju kju],cute
2 **camel** 駱駝	字母 c,[kkk],字母 a,[æææ], c.a c.a,[kæ kæ kæ],camel
3 **cockroach** 蟑螂	字母 c,[kkk],字母 o,[ɑɑɑ], c.o c.o,[kɑ kɑ kɑ],cockroach
4 **Coke** 可樂	字母 c,[kkk],字母 o,[ooo], c.o c.o,[ko ko ko],Coke

cute 可愛的

cube	[kjub]	立方體
cal**cu**late	[ˋkælkjəˌlet]	計算
barbe**cue**	[ˋbɑrbɪkju]	野外烤肉

cube

camel 駱駝

cab	[kæb]	計程車
cabbage	[ˋkæbɪdʒ]	甘藍菜
cafeteria	[ˌkæfəˋtɪrɪə]	自助餐館

cab

C [k]

011-3

cockroach 蟑螂

college	[ˋkɑlɪdʒ]	大學
comic	[ˋkɑmɪk]	漫畫
common	[ˋkɑmən]	一般的

college

Coke 可樂

coat	[kot]	外套
coach	[kotʃ]	教練
coconut	[ˋkokəˌnət]	椰子

coat

011-4

cu + **b**e = **cube**

立方體

Put some ice **cubes**. The juice will taste better.
加點冰塊，果汁會更好喝。

cal + **cu** + **lat**e = **calculate**

計算

Mom **calculates** the costs every day.
媽媽每天都會計算開支。

bar + **be** + **cu**e = **barbecue**

野外烤肉

We plan to have a **barbecue** this weekend.
我們計畫在週末辦個烤肉會。

ca + **b** = **cab**

計程車

She called a **cab** because of the hurry.
因為趕時間，她招了計程車。

cab + **b**a**g**e = **cabbage**

甘藍菜

Do you need a purple **cabbage** or a Chinese **cabbage**?
你需要紫甘藍還是高麗菜？

caf + **e** + **te** + **ri** + **a** = **cafeteria**

自助餐館

I always have lunch in the school **cafeteria**.
我總是在學校的自助餐館吃午飯。

col + lege = college

大學　Lillian is a **college** student. 莉蓮是個大學生。

com + ic = comic

漫畫　Andy has many **comic** books. 安迪有很多漫畫書。

com + mon = common

一般的　To wear T-shirts and jeans is very **common**.
穿T恤和牛仔褲是很普通的。

coa + t = coat

外套　Put on your **coat**, or you will get a cold.
穿上外套，不然你會感冒。

coa + ch = coach

教練　Our basketball team got a new **coach**.
我們的籃球隊有了新教練。

co + co + nut = coconut

椰子　Do you like **coconut** flavor cakes?
你喜歡椰子口味的蛋糕嗎？

53

C [k]

發音規則 當字母 c 遇到 r 時，cr 連音唸成 [kr]

cross
create
crab
crayons

聽rap記單字　一邊聽 rap，一邊注意字母 c [k] 的發音，
就能很快把單字記住喔!

1 **crab** 螃蟹		c.r c.r，[kr kr kr]，字母 a，[æ æ æ]， c.r.a c.r.a，[kræ kræ]，crab
2 **crayon** 蠟筆		c.r c.r，[kr kr kr]，字母 a，[e e e]， c.r.a c.r.a，[kre kre]，crayon
3 **create** 創造		c.r c.r，[kr kr kr]，字母 e，[ɪɪɪ]， c.r.e c.r.e，[krɪ krɪ]，create
4 **cross** 十字架		c.r c.r，[kr kr kr]，字母 o，[ɔɔɔ]， c.r.o c.r.o，[krɔ krɔ]，cross

crab 螃蟹

crack	[kræk]	裂痕
craft	[kræft]	手工藝
crash	[kræʃ]	碰撞

crack

crayon 蠟筆

cradle	[`kredl̩]	搖籃
crane	[kren]	起重機
crate	[kret]	條板箱

cradle

C [k]

012-3

create 創造

creation	[krɪˋeʃən]	宇宙萬物
creative	[krɪˋetɪv]	有創意的
crime	[kraɪm]	犯罪

creation

cross 十字架

crowd	[kraʊd]	群眾
crowded	[`kraʊdɪd]	擁擠的
cruel	[`kruəl]	殘忍的

crowd

012-4

裂痕

cra + **ck** = **crack**

There are some **cracks** in the glass.
這片玻璃有些裂痕。

手工藝

craf + **t** = **craft**

He learned a goldsmith's **craft**. 他習得金匠的手藝。

碰撞

cra + **sh** = **crash**

A car **crashed** on the street. 一輛車在街上撞毀。

搖籃

cra + **dle** = **cradle**

She put the sleeping baby in the **cradle**.
她把睡著的嬰兒放進搖籃。

起重機

cra + **ne** = **crane**

We have to use a **crane** to lift the machine.
我們得用起重機吊起機器。

條板箱

cra + **te** = **crate**

The **crate** is made of wood. 那個條板箱是木製的。

56

cre + a + tion = creation

宇宙萬物　Humans are the smartest in **creation**.
人類是世界上最聰明的物種。

cre + a + tive = creative

有創意的　Picasso is the most **creative** artist in the world.
畢卡索是世上最有創意的藝術家。

cri + me = crime

犯罪　We are educated not to commit a **crime**.
我們被教導不可犯罪。

crow + d = crowd

群眾　There is a **crowd** of people in the front of the
department store. 百貨公司前面有一大群人。

crowd + ed = crowded

擁擠的　Taipei is a **crowded** city. 台北是個擁擠的城市。

cru + el = cruel

殘忍的　The witch is **cruel** to Snow White.
巫婆對白雪公主很殘忍。

學會自然發音

字母 **C**

發音符號 **[s]**

Rap記憶口訣

C小弟 髒兮兮 笑死人 [SSS]

發音規則

c 後面接字母 i、e、y 時，通常唸成 [s]

用故事記發音規則

c 小弟走路絆到鐵絲(s)，摔了一(e)跤，鼻梁歪(y)了，痛得哎哎(i)叫，所以字母 c 遇到 i, e, y 都唸 [s]。

髒兮兮 笑死人

聽rap記單字

一邊聽 rap，一邊注意字母 c [s] 的發音，就能很快把單字記住喔!

1 **city** 城市	字母 c，[sss]，字母 i，[ɪɪɪ]， c.i c.i [sɪ sɪ sɪ]，city
2 **circle** 圓圈	字母 c，[sss]，i.r i.r，[ɝ ɝ ɝ]， c.i.r c.i.r [sɝ sɝ]，circle
3 **face** 臉	字母 c，[sss]，字尾 e，不發音， c.e c.e [sss]，face
4 **bicycle** 腳踏車	字母 c，[sss]，字母 y，[ɪɪɪ]， c.y c.y [sɪ sɪ sɪ]，bicycle

city 城市

cicada	[sɪ`kɑdə]	蟬
cigar	[sɪ`gɑr]	雪茄
cigarette	[ˌsɪgə`rɛt]	香菸

cicada

circle 圓圈

circus	[`sɝkəs]	馬戲團
circlet	[`sɝklɪt]	飾環
circular	[`sɝkjələ]	圓形的

circus

C [s]

face 臉

ju**ice**	[dʒus]	果汁
adv**ice**	[əd`vaɪs]	勸告
ni**ce**	[naɪs]	美好的

ju**ice**

bicycle 腳踏車

tri**cy**cle	[`traɪsɪk!]	三輪車
fan**cy**	[`fænsɪ]	迷戀
i**cy**	[`aɪsɪ]	冰的

tri**cy**cle

013-4

ci + ca + da = cicada

蟬

Have you ever heard 17-Year **Cicada** story?
你聽過十七年蟬的故事嗎？

ci + gar = cigar

雪茄

The gentleman lit a **cigar**. 那位紳士點燃了雪茄。

cig + a + rette = cigarette

香菸

Smoking **cigarette** will cause lung cancer.
抽菸會導致肺癌。

cir + cus = circus

馬戲團

Monkey **Circus** is very popular.
猴子馬戲團非常受歡迎。

cir + clet = circlet

飾環

Your **circlet** is bright and beautiful.
妳的飾環閃閃發光又漂亮。

cir + cu + lar = circular

圓形的

The strawberry cake has a **circular** shape.
草莓蛋糕是圓形的。

jui + ce = juice

果汁 I prefer lemon **juice** to orange **juice**.
比起柳橙汁，我更喜歡檸檬汁。

ad + vice = advice

勸告 Thanks for your **advice**. 謝謝你的勸告。

n + ice = nice

美好的 Be a **nice** girl. 做個好女孩。

tri + cy + cle = tricycle

三輪車 Can you ride a **tricycle**? 你會騎三輪車嗎？

fan + cy = fancy

迷戀 He takes a **fancy** to the movie star.
他對那位影星非常迷戀。

i + cy = icy

冰的 I bought an **icy** coke. 我買了一瓶冰可樂。

學會自然發音

字母 **ch**

發音符號 [tʃ]

Rap記憶口訣

小麻雀 雀雀雀
[tʃ tʃ tʃ]

發音規則

ch 在一起時，唸成 [tʃ]

用故事記發音規則

c小弟和h小弟一起上學『去』，所以唸成 [tʃ]。

聽rap記單字

一邊聽 rap，一邊注意字母 ch [tʃ] 的發音，就能很快把單字記住喔!

1

child 兒童

c.h，[tʃ tʃ tʃ]，字母 i，[aɪ aɪ aɪ]，
c.h.i，[tʃaɪ tʃaɪ tʃaɪ]，child

2

chance 機會

c.h，[tʃ tʃ tʃ]，字母 a，[æ æ æ]，
c.h.a，[tʃæ tʃæ]，chance

3

catch 拿，取

t.c.h，在一起，字母 t，不發音，
[tʃ tʃ tʃ]，catch

4

peach 水蜜桃

c.h c.h，放字尾，[tʃ tʃ tʃ]，peach

child 兒童

chicken	[ˋtʃɪkɪn]	雞
chilly	[ˋtʃɪlɪ]	冷颼颼
chin	[tʃɪn]	下巴

chicken

chance 機會

challenge	[ˋtʃælɪndʒ]	挑戰
champion	[ˋtʃæmpɪən]	冠軍
channel	[ˋtʃænl̩]	頻道

challenge

ch [tʃ]

014-3

catch 拿，取

ke**tch**up	[ˋkɛtʃəp]	番茄醬
ki**tch**en	[ˋkɪtʃɪn]	廚房
wa**tch**	[watʃ]	手錶

ke**tch**up

peach 水蜜桃

ben**ch**	[bɛntʃ]	長板凳
brun**ch**	[brʌntʃ]	早午餐
cou**ch**	[kaʊtʃ]	長沙發

ben**ch**

014-4

chick + **en** = **chicken**

雞

We ordered fried **chicken** and pizza for the party.
我們為派對訂了炸雞和披薩。

chil + **ly** = **chilly**

冷颼颼

It is **chilly** outside. 外頭冷颼颼的。

chi + **n** = **chin**

下巴

Lucy rested her **chin** on her hands.
露西用雙手撐著下巴。

chal + **lenge** = **challenge**

挑戰

The job offers a **challenge**. 這工作有挑戰性。

cham + **pi** + **on** = **champion**

冠軍

He is a **champion** singer. 他是個冠軍歌手。

chan + **nel** = **channel**

頻道

There are hundreds of TV **channels** for you to choose. 有數百個電視頻道供你選擇。

ke tch + up = ketchup

番茄醬　French fries are usually served with **ketchup**.
薯條通常會附番茄醬。

ki tch + chen = kitchen

廚房　Lisa has a new **kitchen**. 麗莎有個新廚房。

wa + tch = watch

手錶　Helen collects beautiful **watches**. 海倫收集漂亮的手錶。

ben + ch = bench

長板凳　We sit on a **bench** eating lunch.
我們坐在長板凳上吃午餐。

brun + ch = brunch

早午餐　He ate cheese, pancake, bacon, potatoes and juice for **brunch**.
他享用了一頓包括起司、鬆餅、培根、馬鈴薯和果汁的早午餐。

cou + ch = couch

長沙發　He is lying on a **couch**. 他躺在長沙發上。

子a子 [æ]

fan [fæn] 粉絲	man [mæn] 男人	pass [pæs] 經過
fancy 喜歡	business**man** 商人	**pass**age 經過
fanciful 幻想的	fisher**man** 漁夫	**pass**enger 乘客
fantastic 好極了	mail**man** 郵差	**pass**erby 過路人
fantasy 奇幻文學	snow**man** 雪人	sur**pass** 勝過
		over**pass** 天橋
		under**pass** 地下道

a弱音 [ə]

a- [ə]，字首，有「在⋯ 狀態中、超過」之意	-able [əbḷ]，字尾，有「可⋯ 的、適合、有⋯傾向的」之意
cross 交叉 → **a**cross 橫過	avail**able** 可利用的
gain 獲得 → **a**gain 再次	comfort**able** 舒適的
head 頭 → **a**head 在前	fashion**able** 流行的
like 喜歡 → **a**like 相似的	valu**able** 有價值的
live 生活 → **a**live 活潑的	accept**able** 可接受的
lone 獨自的 → **a**lone 單獨的	afford**able** 買得起的
loud 大聲的 → **a**loud 大聲地	suit**able** 適合的
round 圓形的 → **a**round 環繞	
sleep 睡覺 → **a**sleep 睡著的	

a弱音 [ə]

-ant [ənt]，字尾，有「處於…狀態、…的人」之意	-ance [əns]，名詞字尾，表示「動作、程序、性質、狀態」
assist**ant** 助手	ambul**ance** 救護車
dist**ant** 遠的	assist**ance** 幫助
gi**ant** 巨人	dist**ance** 距離
import**ant** 重要的	entr**ance** 入口
inst**ant** 瞬間的	import**ance** 重要性
pleas**ant** 愉快的	inst**ance** 例子
serv**ant** 僕人	pleas**ance** 遊樂園

al [ɔ]

al- [ɔl]，字首，有「完整、全部」之意	ball [bɔl] 球	walk [wɔk] 走路
almost 幾乎	base**ball** 棒球	side**walk** 人行道
already 已經	basket**ball** 籃球	**walk**man 隨身聽
also 也	dodge **ball** 躲避球	
altogether 全部加起來	foot**ball** 足球	
always 總是	soft**ball** 壘球	
	volley**ball** 排球	

a子e [e]

base [bes] 基礎、壘包	late [let] 遲到的	-ache [ek]，字尾，表示「…痛」之意
baseball 棒球	**late**r 稍後	head**ache** 頭痛
basement 地下室	**late**st 最遲的、最近發生的	stomach**ache** 胃痛
basic 基礎的		tooth**ache** 牙齒痛

ar [ɑr]

arm [ɑrm] 手臂、武裝	hard [hɑrd] 硬的、困難的	mark [mɑrk] 記號、目標	part [pɑrt] 部分的
armchair 單人沙發 （可放手臂的沙發） **arm**y 陸軍 al**arm** 警報	**hard**ly 幾乎不 **hard**-working 勤勞的 **hard**en 使變硬	**mark**er 標誌 **mark**et 市場 super**mark**et 超級市場	**part**ner 同伴 **part**y 派對 a**part**ment 公寓 de**part**ment 部門 de**part**ment store 百貨公司

ay [e]

day [de] 日子		play [ple] 玩
birth**day** 生日 holi**day** 假日 to**day** 今日 yester**day** 昨日 week**day** （星期一到 星期五的）工作日	Sun**day** 星期日 Mon**day** 星期一 Tues**day** 星期二 Wednes**day** 星期三 Thurs**day** 星期四 Fri**day** 星期五 Satur**day** 星期六	**play**er 播放器 **play**ground 遊樂場

b [b]

be- [bɪ]，字首， 有「在…」之意	begin [bɪ`gɪn] 開始	body [bɑdɪ] 身體、（一個）人
before 在…之前 **be**hind 在…之後 **be**low 在…下面 **be**side 在…旁邊 **be**sides 除…之外 **be**tween 在…之間 **be**yond 在…的那一邊	**begin**ner 初學者 **begin**ning 開始	any**body** 任何人 busy**body** 愛管閒事的人 every**body** 每一個人 no**body** 沒有人 some**body** 某人

c [k]

class [klæs] 班級	con- [kən]，字首，有「一起、完全」之意	card [kɑrd] 卡片
classical 正統的、古典的 **class**mate 同學 **class**room 教室	**con**cern 擔心 **con**fuse 搞混 **con**gratulation 恭喜 **con**sider 考慮 **con**tinue 繼續 **con**trol 控制 **con**venient 方便的 **con**versation 會話	credit **card** 信用卡 post**card** 明信片 ID **card** 身分證

ce [s]

-ice [ɪs]，字尾，表示「性質、狀態」之意	-ice [aɪs]，字尾，表示「性質、狀態」之意	civ- [sɪv]，字首，表示「公民、文明」之意
cho**ice** 選擇 not**ice** 注意 off**ice** 辦公室 off**ice**r 公務員 pract**ice** 練習 serv**ice** 服務 vo**ice** 聲音	adv**ice** 勸告 **ice** 冰 **ice** cream 冰淇淋 n**ice** 好的 n**ice**-looking 漂亮的 pr**ice** 價錢 r**ice** 米 tw**ice** 兩次	**civ**ic 城市的 **civ**ics 市政學 **civ**il 國內的、市民的 **civ**ilian 平民、老百姓 **civ**ility 禮儀 **civ**ilization 文明 **civ**ilize 使文明

ch [tʃ]

child [tʃaɪld] 小孩	charge [tʃɑrdʒ] 索價、充電	cheer [tʃɪr] 喝采、激勵
childhood 童年期 **child**ish 幼稚的 **child**like 純真的 **child**birth 生產 **child**care 兒童保育 **child**less 無子女的 school**child** 學童	**charge**able 應徵收的 **charge**r 充電器 dis**charge** 清償、放電 re**charge** 再充電 sur**charge** 附加費用	**cheer**ful 快樂的、興高采烈的 **cheer**leader 啦啦隊隊長 **cheer**less 憂鬱的、困苦的 **cheer**s 乾杯

字母 **d**

發音符號 **[d]**

你的我的 [ddd]

015-1

發音規則

字母 d 通常都唸成 [d]

用故事記發音規則

d 小弟沒信心，一天到晚頭『低低』，所以 d 不管在哪裡都唸成 [d]。

我的小狗 [ddd]

聽rap記單字

一邊聽 rap，一邊注意字母 d [d] 的發音，就能很快把單字記住喔!

015-2

1 **doctor** 醫生	字母 d，[ddd]，字母 o，[ɑɑɑ]，d.o d.o [dɑ dɑ dɑ]，doctor
2 **duck** 鴨子	字母 d，[ddd]，字母 u，[ʌʌʌ]，d.u d.u [dʌ dʌ dʌ]，duck
3 **dance** 跳舞	字母 d，[ddd]，字母 a，[æææ]，d.a d.a [dæ dæ dæ]，dance
4 **deck** 甲板	字母 d，[ddd]，字母 e，[ɛɛɛ]，d.e d.e [dɛ dɛ dɛ]，deck

doctor 醫生

dock	[dɑk]	碼頭
dollar	[`dɑlɚ]	美元
dolphin	[`dɑlfɪn]	海豚

dock

duck 鴨子

dumb	[dʌm]	啞巴
a**du**lt	[ə`dʌlt]	成人的
con**du**ct	[kən`dʌkt]	指揮

dumb

d [d]

015-3

dance 跳舞

dancer	[`dænsɚ]	舞蹈家
dad	[dæd]	爸爸
damage	[`dæmɪdʒ]	災害

dancer

deck 甲板

desert	[`dɛzɚt]	沙漠
desk	[dɛsk]	書桌
decorate	[`dɛkəˌret]	裝飾

desert

015-4

do + **ck** = **dock**

碼頭

The newly-built **dock** is spectacular.
新落成的碼頭很壯觀。

dol + **lar** = **dollar**

美元

The dress costs 2500 **dollars**. 這件洋裝要價2500元。

dol + **phin** = **dolphin**

海豚

Let's go to the ocean park to see the **dolphins**.
我們去海洋公園看海豚吧。

dum + **b** = **dumb**

啞巴

Do you enjoy the **dumb** show? 你喜歡這齣默劇嗎？

a + **dul** + **t** = **adult**

成人的

Only **adults** can see this movie.
只有成年人才能看這部電影。

con + **duc** + **t** = **conduct**

指揮

Zubin Mehta **conducts** the orchestra.
祖賓梅塔指揮這個管弦樂團。

72

danc + er = dancer

舞蹈家　Isadora Duncan is the most famous **dancer**.
伊莎朵拉・鄧肯是最有名的舞蹈家。

da + d = dad

爸爸　My **dad** is a teacher. 我爸爸是老師。

dam + age = damage

災害　The earthquake caused great **damage**.
地震造成了嚴重的災害。

des + ert = desert

沙漠　You are an oasis in a **desert**. 你是沙漠裡的綠洲。

des + k = desk

書桌　There are a few books on the **desk**. 書桌上有幾本書。

dec + o + rate = decorate

裝飾　Let's **decorate** the Christmas tree!
我們來裝飾聖誕樹吧！

學會自然發音
字母 **e**
發音符號 **[ɛ]**

Rap記憶口訣

E媽媽說 我想想看 [εε]

發音規則

子音 + e + 子音，e 唸 [ε]。

用故事記發音規則

e 媽媽突然發奇想：「εεε… 我想吃宵夜（ㄝ）」

我想想看， εεε…

聽rap記單字

一邊聽 rap，一邊注意字母 e [ε] 的發音， 就能很快把單字記住喔!

1 **general** 將軍	字母 g，[dʒ dʒ dʒ]，字母 e，[εεε]， g.e g.e，[dʒε dʒε dʒε]，general
2 **bet** 打賭	字母 b，[bbb]，字母 e，[εεε]， b.e b.e，[bε bε bε]，bet
3 **chess** 西洋棋	c.h，[tʃ tʃ tʃ]，字母 e，[εεε]， c.h.e，[tʃε tʃε tʃε]，chess
4 **December** 十二月	字母 c，[sss]，字母 e，[εεε]， c.e c.e，[sε sε sε]，December

general 將軍

generous	[ˈdʒɛnərəs]	慷慨的
gentle	[ˈdʒɛntl̩]	溫和的
gesture	[ˈdʒɛstʃɚ]	手勢

generous

bet 打賭

best	[bɛst]	最好的
belt	[bɛlt]	腰帶
belly	[bɛlɪ]	肚皮

best

e [ɛ]

chess 西洋棋

chest	[tʃɛst]	胸部
check	[tʃɛk]	檢查
cherry	[ˈtʃɛrɪ]	櫻桃

chest

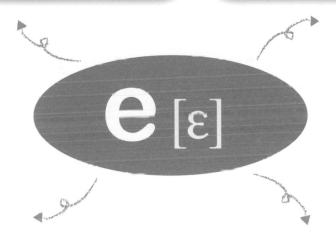

December 十二月

cent	[sɛnt]	一分錢
center	[ˈsɛntɚ]	中央
centimeter	[ˈsɛntəˌmitɚ]	公分

cent

gen + er + ous = generous

慷慨的　Uncle is **generous** with money. 叔叔在金錢方面很慷慨。

gen + tle = gentle

溫和的　Frank is **gentle** in manner. 法蘭克的舉止很文雅。

ges + ture = gesture

手勢　Handshake is a **gesture** of friendship.
握手是友好的表示。

bes + t = best

最好的　He is the **best** student in the class.
他是這個班上最好的學生。

bel + t = belt

腰帶　Don't forget to fasten the security **belt**.
別忘了繫緊安全帶。

bel + ly = belly

肚皮　Flora is good at **belly** dance. 芙蘿拉很會跳肚皮舞。

ches + t = chest

胸部 I am trying to build up my **chest** muscle.
我在設法練出胸肌。

che + ck = check

檢查 I have to **check** it twice. 我得檢查兩次。

cher + ry = cherry

櫻桃 Mr. Martin has a big **cherry** orchard.
馬汀先生有座大櫻桃園。

cen + t = cent

一分錢 I have only one **cent** left. 我只剩下一分錢。

cen + ter = center

中央 I am in the **center** of the garden. 我在花園的中央。

cen + ti + me + ter = centimeter

公分 This fish is 110 **centimeters** long. 這條魚有110公分。

學會自然發音

字母 **ee**

發音符號 **[i]**

Rap記憶口訣

兩個E媽媽跑第一
[i i i]

我們都跑第一!

發音規則

兩個 e 一起出現時，ee 唸成 [i]

用故事記發音規則

兩個 e 媽媽『一』起跑第一，所以兩個 e 唸成 [i]。

聽rap記單字

一邊聽 rap，一邊注意字母 ee [i] 的發音，就能很快把單字記住喔!

1 **13** **thirteen** 十三	字母 t，[ttt]，e.e，[ii]， t.e.e.n，[tin tin]，thirteen
2 **bee** 蜜蜂	字母 b，[bbb]，e.e，[ii]， b.e.e b.e.e，[bi bi]，bee
3 **feel** 覺得	字母 f，[fff]，e.e，[ii]， f.e.e f.e.e，[fi fi]，feel
4 **three** 三	字母 r，[rrr]，e.e，[ii]， r.e.e r.e.e，[ri ri]，three

thirteen 十三

fourteen	[`for`tin]	十四
fifteen	[`fɪf`tin]	十五
teenager	[`tin͵edʒɚ]	青少年

fourteen **14**

bee 蜜蜂

beef	[bif]	牛肉
beer	[bɪr]	啤酒*
Frisbee	[`frɪzbi]	飛盤

beef

017-3

ee [i]

feel 覺得

fee	[fi]	費用
feed	[fid]	餵養
feet	[fit]	腳

fee

three 三

tree	[tri]	樹
street	[strit]	街道
green	[grin]	綠色

tree

14

four + teen = fourteen

十四　Dora is **fourteen** years old. 朵拉14歲。

15

fif + teen = fifteen

十五　There are **fifteen** players in our team.
我們球隊有15個球員。

teen + ag + er = teenager

青少年　**Teenagers** have their own worry.
青少年有他們自己的煩惱。

bee + f = beef

牛肉　Mom is cooking **beef** noodles. 媽媽正在煮牛肉麵。

bee + r = beer

啤酒　Daddy likes to drink **beer** when watching soccer
games. 爸爸喜歡在看足球賽時喝點啤酒。

Fris + bee = Frisbee

飛盤　My dog fetched the **Frisbee**. 我的小狗叼來了飛盤。

f + ee = fee

費用 I have to pay the **fee**. 我得付錢。

fee + d = feed

餵養 She **feeds** the cat twice a day. 她每天餵兩次貓。

fee + t = feet

腳 Cats have four **feet**. 貓有四隻腳。

t + ree = tree

樹 There are apple **trees** in the yard. 庭院裡有蘋果樹。

st + reet = street

街道 Go straight to the **street** and you can see the bank.
往那條街直走就可以看到銀行了。

g + reen = green

綠色 Becky hates to eat **green** onion. 貝琪討厭吃青蔥。

學會自然發音

字母 **ea**

發音符號 **[i]**

018-1

Rap記憶口訣

E媽媽和A媽媽 都跑第一［ i i i ］

發音規則

字母 ea 一起出現時，常唸成 [i]

用故事記發音規則

e 媽媽和 a 媽媽『一』起跑第一，所以 ea 唸成 [i]。

聽rap記單字

一邊聽 rap，一邊注意字母 ea [i] 的發音，就能很快把單字記住喔！

018-2

1 **each** 每一個	e.a e.a，[iii]，c.h c.h，[tʃ tʃ tʃ]，e.a.c.h，[itʃ itʃ]，each
2 **teacher** 老師	字母 t，[ttt]，e.a e.a，[iii]，t.e.a，[ti ti ti]，teacher
3 **seat** 座位	字母 s，[sss]，e.a e.a，[iii]，s.e.a，[si si si]，seat
4 **beach** 海灘	字母 b，[bbb]，e.a e.a，[iii]，b.e.a，[bi bi bi]，beach

each 每一個

eagle	[ˋigl̩]	老鷹
east	[ist]	東邊
eat	[it]	吃東西

eagle

teacher 老師

tea	[ti]	茶
teapot	[ˋti͵pɑt]	茶壺
team	[tim]	隊伍

tea

018-3

ea [i]

seat 座位

sea	[si]	海
seafood	[ˋsi͵fud]	海鮮
season	[ˋsizn̩]	季節

sea

beach 海灘

bean	[bin]	豆子
beam	[bim]	光束
beat	[bit]	打擊

bean

018-4

ea + **gl**e = **eagle**

老鷹　The **eagle** is flying in the sky. 老鷹在天空飛翔。

eas + **t** = **east**

東邊　The sun rises from the **east**. 太陽從東邊升起。

ea + **t** = **eat**

吃東西　The cat is **eating** fish. 那隻貓在吃魚。

t + **ea** = **tea**

茶　The basic four types of **tea** are green **tea**, black **tea**, white **tea**, and oolong **tea**. 最主要的四種茶品分別是綠茶、紅茶、白茶和烏龍茶。

tea + **pot** = **teapot**

茶壺　I am washing the **teapot**. 我在洗茶壺。

tea + **m** = **team**

隊伍　Do you want to join my **team**? 你要加入我的隊伍嗎？

s + ea = sea

海　There are boats sailing on the **sea**. 有船在海上航行。

sea + food = seafood

海鮮　She likes **seafood**. 她喜歡吃海鮮。

sea + son = season

季節　Autumn is my favorite **season**. 我最喜歡秋天。

bea + n = bean

豆子　Let's see the top ten green **bean** producers.
我們來看看十大青豆生產國。

bea + m = beam

光束　Do you see the **beam**? 你有看到那道光嗎？

bea + t = beat

打擊　A teacher is **beating** a naughty student.
老師在責打頑皮的學生。

學會自然發音

字母 **er**

發音符號 **[ɚ]**

Rap記憶口訣

E媽媽和R小妹想要吐噁噁噁 [ɚ ɚ ɚ]

發音規則

er 在輕音節時唸成 [ɚ]

用故事記發音規則

e 媽媽和 r 小妹在路上看到一隻老鼠,『噁』心想吐,所以 er 唸成 [ɚ]。

好噁!

聽rap記單字

一邊聽 rap,一邊注意字母 er [ɚ] 的發音,就能很快把單字記住喔!

019-2

tiger 老虎

字母 g,[ggg],e.r,[ɚ ɚ],
g.e.r g.e.r,[gɚ gɚ],tiger

sweater 毛衣

字母 t,[ttt],e.r,[ɚ ɚ],
t.e.r t.e.r,[tɚ tɚ],sweater

hammer 鐵鎚

字母 m,[mmm],e.r,[ɚ ɚ],
m.e.r m.e.r,[mɚ mɚ],hammer

barber 理髮師

字母 b,[bbb],e.r,[ɚ ɚ],
b.e.r b.e.r,[bɚ bɚ],barber

tiger 老虎

anger	[`æŋgɚ]	生氣
finger	[`fɪŋgɚ]	手指
hunger	[`hʌŋgɚ]	飢餓

anger

sweater 毛衣

bitter	[`bɪtɚ]	苦的
butter	[`bʌtɚ]	奶油
butterfly	[`bʌtɚ‚flaɪ]	蝴蝶

bitter

er [ɚ]

hammer 鐵鎚

summer	[`sʌmɚ]	夏天
customer	[`kʌstəmɚ]	顧客
former	[`fɔrmɚ]	從前的

summer

barber 理髮師

September	[sɛp`tɛmbɚ]	九月
October	[ɑk`tobɚ]	十月
November	[no`vɛmbɚ]	十一月

September

an + **ger** = **anger**

生氣　Mom is in **anger**. 媽媽正在生氣。

fin + **ger** = **finger**

手指　I cut my **finger** while preparing the dinner.
我準備晚餐的時候切到手指了。

hun + **ger** = **hunger**

飢餓　Many children in poor countries are suffering
from **hunger**. 許多貧窮國家的小孩飽受飢餓之苦。

bit + **ter** = **bitter**

苦的　This cup of coffee tastes **bitter**. 這杯咖啡喝起來很苦。

but + **ter** = **butter**

奶油　Please give me bread and **butter**, please.
我要麵包和奶油，謝謝。

but + **ter** + **fly** = **butterfly**

蝴蝶　She is looking at the **butterfly**. 她盯著那隻蝴蝶看。

sum + mer = summer

夏天　There are many tourists in **summer**. 夏天有很多觀光客。

cus + to + mer = customer

顧客　**Customers** are always right. 顧客永遠是對的。

for + mer = former

從前的　Do you choose the **former** or the latter?
你選前者還是後者？

Sep + tem + ber = September

九月　Vera's birthday is on **September** 2nd.
薇拉的生日是九月二號。

Oc + to + ber = October

十月　I will go to Japan for tour this **October**.
我今年十月要去日本玩。

No + vem + ber = November

十一月　Jill went to Germany last **November**.
吉兒去年十一月去德國。

d [d]

de- [dɪ]，字首，表示「離開、低下、完全、否定、減少」之意	dif- [dɪf]，字首，表示「相反、否定」之意	dis- [dɪs]，字首，表示「相反、否定、分離、奪去、不」之意
debate 爭論	**dif**ference 差異	**dis**appear 消失
decide 決定	**dif**fer 相異	**dis**abled 有殘疾的
decrease 減少	**dif**ferent 不同的	**dis**advantage 劣勢、缺點
degree 度數	**dif**ficult 困難的	**dis**agree 不同意
delicious 美味的	**dif**ficulty 困難	**dis**appoint 使失望
deliver 運送	**dif**fidence 缺乏自信	**dis**approve 不贊同
depend 依賴	**dif**fident 缺乏自信的	**dis**aster 災難
describe 描述	**dif**fuse 傳播、散佈	**dis**count 折扣
design 設計	**dif**fusible 可散佈的	**dis**cover 發現
desire 慾望	**dif**fusion 散佈、瀰漫	**dis**cuss 討論
dessert 點心		**dis**cussion 討論
detect 偵查		**dis**honest 不誠實的
develop 發展		**dis**like 不喜歡

d [d]

dress [drɛs] 時裝	doubt [daʊt] 懷疑、猶豫	-duce [djus]，字尾，表示「導向」之意
dresser 梳妝台	**doubt**ful 令人懷疑的	intro**duce** 介紹、引進
hair **dress**er 理髮師	**doubt**less 無疑的	pro**duce** 製造
ad**dress** 住址	self-**doubt** 自我懷疑	re**duce** 減少

er [ɚ]

-er [ɚ]，字尾，有「做某事的人、…人」之意	-er [ɚ]，字尾，有「…的工具」之意
hunt 打獵 → hunter 獵人	erase 清除 → eraser 橡皮擦
law 法律 → lawyer 律師	speak 說話 → speaker 擴音器
lead 帶領 → leader 領導者	freeze 冷凍 → freezer 冷凍庫
lose 輸 → loser 輸家	hang 掛 → hanger 衣架
manage 管理 → manager 經理	heat 加熱 → heater 暖氣機
own 擁有 → owner 擁有者	lock 上鎖 → locker 有鎖的置物櫃
paint 繪畫 → painter 畫家	record 記錄 → recorder 錄音機
report 報告 → reporter 記者	rule 規則 → ruler 尺
sing 唱歌 → singer 歌星	sauce 醬料 → saucer 小碟子
teach 教導 → teacher 老師	scoot 急走 → scooter 摩托車
win 贏 → winner 贏家	slip 滑動 → slippers 拖鞋
write 寫作 → writer 作家	sneak 潛行 → sneakers 帆布鞋
old 老的 → elder 年長者	sweat 流汗 → sweater 毛衣
strange 陌生的 → stranger 陌生人	

學會自然發音

字母 **f**

發音符號 **[f]**

Rap記憶口訣

皮ㄈㄨ的ㄈㄨ [f f f]

發音規則

字母 f 通常都唸成 [f]

用故事記發音規則

f 小弟太窮了，『付』不出錢，到處欠帳，所以 f 總是唸成 [f]。

我的皮ㄈㄨ很光滑

聽rap記單字

一邊聽 rap，一邊注意字母 f [f] 的發音，就能很快把單字記住喔！

1
frog 青蛙

字母 f，[fff]，字母 r，[rrr]，
f.r f.r，[fr fr]，frog

2
fight 打架

字母 f，[fff]，字母 i，[aɪ aɪ]，
f.i f.i，[faɪ faɪ]，fight

3
fly 蒼蠅

字母 f，[fff]，字母 l，[lll]，
f.l f.l，[fl fl]，fly

4
family 家族

字母 f，[fff]，字母 a，[æ æ]，
f.a f.a，[fæ fæ]，family

frog 青蛙

fry	[fraɪ]	油炸
fries	[fraɪz]	炸薯條
Friday	[ˋfraɪˏde]	星期五

fry

fight 打架

five	[faɪv]	五
fire	[faɪr]	火焰
fine	[faɪn]	好的

five

f [f]

fly 蒼蠅

flag	[flæg]	旗子
flu	[flu]	感冒
flute	[flut]	笛子

flag

family 家族

fact	[fækt]	事實
fantastic	[fænˋtæstɪk]	了不起的
fanlight	[ˋfænˏlaɪt]	扇形窗

fact

020-4

油炸

fr + **y** = **fry**

Mom is **frying** chicken. 媽媽正在炸雞肉。

炸薯條

fri + **e s** = **fries**

I ordered a hamburger with **fries**.
我點了附薯條的漢堡餐。

星期五

Fri + **day** = **Friday**

Tomorrow is **Friday**. 明天是星期五。

五

fiv + **e** = **five**

Sophie has **five** meals a day. 蘇菲一天吃五餐。

火焰

fir + **e** = **fire**

Do you know how to start a **fire**? 你知道要怎麼生火嗎？

好的

fin + **e** = **fine**

The food is just **fine**. 食物還不錯。

fla + **g** = **flag**

旗子

He cannot recognize the national **flag** of Nigeria.
他不認得奈及利亞的國旗。

fl + **u** = **flu**

感冒

She is doing the research on **flu** virus.
她在做感冒病毒的相關研究。

flu + **te** = **flute**

笛子

Do you know the opera "Magic **Flute**" composed
by Mozart? 你知道莫札特寫的歌劇《魔笛》嗎？

fac + **t** = **fact**

事實

All I want is the **fact**. 我要的是事實。

fan + **tas** + **tic** = **fantastic**

了不起的 The show is **fantastic**! 這場秀真是太精采了！

fan + **light** = **fanlight**

扇形窗 The **fanlight** is above the door. 扇形窗在門的上方。

學會自然發音
字母 g
發音符號 [g]

G小弟割到手 [ggg]

發音規則

字母 g 大部分都唸成 [g]

又割到手了！好痛！

用故事記發音規則

小雞(g)大部分的時間都在『咯咯』叫，所以 g 常常唸成 [g]。

聽rap記單字

一邊聽 rap，一邊注意字母 g [g] 的發音，就能很快把單字記住喔!

021-2

1 **dog** 狗	字母 o，[ɔɔɔ]，字母 g，[ggg]，o.g o.g，[ɔg ɔg]，dog	
2 **glove** 棒球手套	字母 g，[ggg]，字母 l，[lll]，g.l g.l，[gl gl]，glove	
3 **guitar** 吉他	字母 g，[ggg]，字母 u，不發音，g.u g.u，[gg]，guitar	
4 **pig** 豬	字母 i，[ɪɪɪ]，字母 g，[ggg]，i.g i.g，[ɪg ɪg]，pig	

dog 狗

hot dog	[hɑt dɔg]	熱狗
fog	[fɔg]	霧
foggy	[`fɔgɪ]	有霧的

hot dog

glove 棒球手套

glass	[glæs]	玻璃杯
glasses	[`glæsɪz]	眼鏡
glue	[glu]	膠水

glass

g [g]

021-3

guitar 吉他

guard	[gɑrd]	警衛
guess	[gɛs]	猜
guest	[gɛst]	客人

guard

pig 豬

big	[bɪg]	大的
dig	[dɪg]	挖
fig	[fɪg]	無花果

big

021-4

hot + **dog** = **hot dog**

熱狗

I like my **hot dog** garnished with mustard.
我喜歡在熱狗堡上加芥末醬。

f + **og** = **fog**

霧

Fog is different from cloud. 霧和雲不一樣。

fog + **gy** = **foggy**

有霧的 London is a **foggy** city. 倫敦是霧都。

gla + **ss** = **glass**

玻璃杯

Give me a **glass** of grape juice, please.
請給我一杯葡萄汁，謝謝。

 gla + **ss** + **es** = **glasses**

眼鏡 Benjamin wears **glasses**. 班傑明有戴眼鏡。

glu + **e** = **glue**

膠水 Can you lend me a bottle of **glue**? 你能借我一罐膠水嗎？

gu**ar** + **d** = **guard**

警衛　These **guards** are well-trained. 這些警衛都受過良好訓練。

gu**e** + **s**s = **guess**

猜　I **guess** you know the answer. 我猜你知道答案。

gu**e** + **st** = **guest**

客人　We are waiting for the **guests**. 我們在等候客人。

b + **ig** = **big**

大的　I want the **big** one! 我要大的那一個！

d + **ig** = **dig**

挖　The dog is **digging** a hole in the yard.
小狗在院子裡挖洞。

f + **ig** = **fig**

無花果　I bought some delicious **fig** fruits.
我買了一些美味的無花果。

字母 **g**

發音符號 **[dʒ]**

Rap記憶口訣

G小弟 擠牛奶
[dʒ dʒ dʒ]

發音規則

g 後面接字母 e、i、y 時，通常唸成 [dʒ]

用故事記發音規則

小『雞』學走路，摔了一(e) 跤，鼻梁歪(y)了，痛得哎哎 (i)叫，所以唸 [dʒ]。

聽rap記單字

一邊聽 rap，一邊注意字母 g [dʒ] 的發音，就能很快把單字記住喔!

022-2

1 **magician** 魔法師	字母 g，[dʒ dʒ dʒ]，字母 i，[ɪɪɪ]，g.i g.i，[dʒɪ dʒɪ dʒɪ]，magician
2 **energy** 能量	字母 g，[dʒ dʒ dʒ]，字母 y，[ɪɪɪ]，g.y g.y，[dʒɪ dʒɪ dʒɪ]，energy
3 **dodge** 躲避	字母 d，不發音，g.e g.e，[dʒ dʒ dʒ]，d.g.e d.g.e，[dʒ dʒ dʒ]，dodge
4 **cage** 籠子	字母 a，[eee]，g.e g.e，[dʒ dʒ dʒ]，a.g.e a.g.e，[edʒ edʒ]，cage

magician 魔法師

magic	[`mædʒɪk]	魔法
logic	[`lɑdʒɪk]	邏輯
imagine	[ɪ`mædʒɪn]	想像

magic

energy 能量

biology	[baɪ`ɑlədʒɪ]	生物學
technology	[tɛk`nɑlədʒɪ]	科技
stingy	[`stɪndʒɪ]	小氣的

biology

g [dʒ]

dodge 躲避

bridge	[brɪdʒ]	橋
edge	[ɛdʒ]	邊緣
judge	[dʒʌdʒ]	評斷

bridge

cage 籠子

age	[edʒ]	年紀
page	[pedʒ]	一頁
stage	[stedʒ]	講台

age

022-4

ma + gic = magic

魔法　The fairy's **magic** changes pumpkins into carriages.
仙女用魔法把南瓜變成馬車。

lo + gic = logic

邏輯　I cannot understand your **logic**. 我不懂你的邏輯。

i + ma + gin = imagine

想像　Carrie cannot **imagine** his anger at finding the
vase broken. 凱莉無法想像他發現花瓶破掉時會有多生氣。

bi + ol + o + gy = biology

生物學　Claire majors in **biology**. 克萊兒主修生物學。

tech + nol + o + gy = technology

科技　He is interested in biological **technology**.
他對生物科技很有興趣。

stin + gy = stingy

小氣的　Don't be so **stingy**. 別這麼小氣。

102

bri + **dge** = **bridge**

橋   London **Bridge** is falling down. 倫敦鐵橋垮下來。

e + **dge** = **edge**

邊緣   Be careful not to touch the **edge** of the knife.
小心別碰到刀鋒。

ju + **dge** = **judge**

評斷   Don't **judge** a person by his appearance.
不要以貌取人。

a + **ge** = **age**

年紀   I used to read a lot of books when I was his **age**.
我在他那個年紀時讀很多書。

p + **age** = **page**

一頁   Please open your book and turn to **page** 158.
請打開課本第158頁。

st + **age** = **stage**

講台   The singer is singing on the **stage**. 歌手在舞台上唱歌。

字母 **h**

發音符號 **[h]**

喝到熱水 [h h h]

023-1

發音規則

字母 h 通常都唸成 [h]

用故事記發音規則

h小弟最愛『喝』玉米濃湯，所以唸成 [h]。

聽rap記單字

一邊聽 rap，一邊注意字母 h [h] 的發音，就能很快把單字記住喔！

023-2

1 **hen** 母雞	字母 h，[hhh]，字母 e，[εεε]， h.e h.e，[hε hε hε]，hen
2 **has** 有	字母 h，[hhh]，字母 a，[æææ]， h.a h.a，[hæ hæ hæ]，has
3 **hop** 跳躍	字母 h，[hhh]，字母 o，[ɑɑɑ]， h.o h.o，[hɑ hɑ hɑ]，hop
4 **hill** 小山丘	字母 h，[hhh]，字母 i，[ɪɪɪ]， h.i h.i，[hɪ hɪ hɪ]，hill

hen 母雞

hello	[həˋlo]	哈囉
helpful	[hɛlp]	幫助
helpful	[ˋhɛlpfəl]	有益的

hello

has 有

hand	[hænd]	手
handkerchief	[ˋhæŋkɚˌtʃɪf]	手帕
handle	[ˋhændl̩]	手把

hand

h [h]

hop 跳躍

hot	[hat]	熱的
hobby	[ˋhabɪ]	嗜好
hospital	[ˋhaspɪtl̩]	醫院

hot

hill 小山丘

hit	[hɪt]	敲
hip	[hɪp]	臀部
hippo	[ˋhɪpo]	河馬

hit

023-4

哈囉

hel + **lo** = **hello**

Say **hello** to your tcacher. 向你的老師說哈囉。

幫助

hel + **p** = **help**

May I **help** you? 需要我幫忙嗎？

有益的

help + **ful** = **helpful**

To eat fresh vegetables and fruits is **helpful** to health.
多吃新鮮蔬果有益健康。

手

han + **d** = **hand**

Wash your **hands** before eating dinner.
吃晚餐前先洗手。

手帕

hand + **ker** + **chief** = **handkerchief**

I am washing my **handkerchief**. 我在洗我的手帕。

把手

han + **dle** = **handle**

Just turn the **handle** here and you can open the door.
只要轉動這個門把，你就可以把門打開。

ho + **t** = **hot**

熱的

I like to drink **hot** milk before I go to bed.
我喜歡在上床睡覺前喝杯熱牛奶。

hob + **by** = **hobby**

嗜好

What is your **hobby**, Denny? 丹尼，你的嗜好是什麼？

hos + **pi** + **tal** = **hospital**

醫院

Her sick grandmother is in the **hospital**.
她生病的祖母正在住院。

hi + **t** = **hit**

敲

He is **hitting** a nail into the wall. 他正在牆壁上釘釘子。

hi + **p** = **hip**

臀部

Just shake your **hips**! 搖動你的臀部！

hip + **po** = **hippo**

河馬

The **hippo** is a fat animal. 河馬是體型肥胖的動物。

107

024-1

Rap記憶口訣

PIG吃飯比賽得第一 [I I I]

發音規則

子音 + i + 子音，i 唸短音的 [I]

用故事記發音規則

i 媽媽的兩個兒子都在當兵，每天都要唸口號『1、1、1-2-1』，所以唸 [I]。

聽rap記單字

一邊聽 rap，一邊注意字母i [I] 的發音，就能很快把單字記住喔!

024-2

1 **biscuit** 小圓麵包	字母 b，[bbb]，字母 i，[III]， b.i b.i，[bɪ bɪ]，biscuit
2 **fish** 魚	字母 f，[fff]，字母 i，[III]， f.i f.i，[fɪ fɪ]，fish
3 **dish** 盤子	字母 d，[ddd]，字母 i，[III]， d.i d.i，[dɪ dɪ]，dish
4 **delicious** 美味	字母 l，[lll]，字母 i，[III]， l.i l.i，[lɪ lɪ]，delicious

biscuit 小圓麵包

bikini	[bɪˋkini]	比基尼泳裝
bill	[bɪl]	帳單
bin	[bɪn]	塑膠桶

bikini

fish 魚

fifty	[fɪftɪ]	五十
fill	[fɪl]	填充
film	[fɪlm]	底片

fifty

i [ɪ]

024-3

dish 盤子

disk	[dɪsk]	光碟
distance	[ˋdɪstəns]	距離
dictionary	[ˋdɪkʃənˏɛrɪ]	字典

disk

delicious 美味

lid	[lɪd]	蓋子
lift	[lɪft]	舉起
lip	[lɪp]	嘴唇

lid

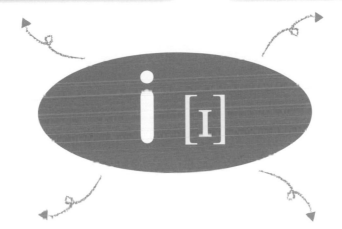

024-4

bi + **ki** + **ni** = **bikini**

比基尼泳裝

A **bikini** is a type of women's swimsuit.
比基尼是一種女用泳裝。

bil + **l** = **bill**

帳單

I received a **bill** for 100 dollars.
我收到一張100美元的帳單。

bi + **n** = **bin**

塑膠桶

I put those potatoes into a **bin**.
我把那些馬鈴薯放進塑膠桶裡。

fif + **ty** = **fifty**

五十

I paid **fifty** dollars for the dress.
我付了50美元買這件洋裝。

fil + **l** = **fill**

填充

Mom **filled** my glass with orange juice.
媽媽在我杯子裡倒滿了柳橙汁。

fil + **m** = **film**

底片

I bought a roll of **film** for my camera.
我買了一捲相機底片。

dis + **k** = **disk**

光碟　Insert the **disk** into the CD-ROM drive.
將光碟放入光碟機。

dis + **tan** + **ce** = **distance**

距離　It is a long **distance** from Paris to Tokyo.
巴黎離東京很遠。

dic + **tion** + **ary** = **dictionary**

字典　Why don't you consult the **dictionary**?
你為什麼不查字典呢？

li + **d** = **lid**

蓋子　Please put the **lid** on the bottle. 請把瓶蓋蓋上。

lif + **t** = **lift**

舉起　He can **lift** a heavy box. 他能舉起很重的箱子。

li + **p** = **lip**

嘴唇　I am learning **lip** language. 我正在學習唇語。

Rap記憶口訣

025-1

放風箏 fly a kite
飛走了 哎 [aɪ aɪ]

發音規則

i + 子音 + e，i 唸 [aɪ]

用故事記發音規則

公車好擠喔！有個小孩子被擠在 i 媽媽和 e 媽媽中間，「哎」呀～頭都昏了。所以唸 [aɪ]。

聽rap記單字

一邊聽 rap，一邊注意字母 i [aɪ] 的發音，就能很快把單字記住喔！

025-2

1 like 喜歡	字母 l，[lll]，字母 i，[aɪ aɪ aɪ]，l.i l.i，[laɪ laɪ]，like
2 ride 騎	字母 r，[rrr]，字母 i，[aɪ aɪ aɪ]，r.i r.i，[raɪ raɪ]，ride
3 100 miles mile 英里	字母 m，[mmm]，字母 i，[aɪ aɪ aɪ]，m.i m.i，[maɪ maɪ]，mile
4 exercise 運動	字母 c，[sss]，字母 i，[aɪ aɪ aɪ]，c.i c.i，[saɪ saɪ saɪ]，exercise

like 喜歡

likely	[`laɪklɪ]	可能的
line	[laɪn]	直線
slide	[slaɪd]	滑動

likely

ride 騎

arrive	[ə`raɪv]	抵達
drive	[draɪv]	駕駛
driver	[`draɪvɚ]	駕駛員

arrive

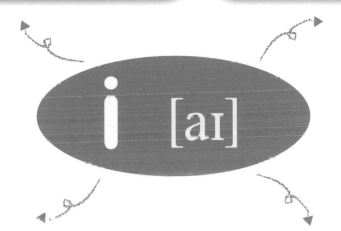

i [aɪ]

mile 英里

smile	[smaɪl]	微笑
mine	[maɪn]	我的東西
mice	[maɪs]	老鼠們

smile

exercise 運動

excite	[ɪk`saɪt]	使興奮
excited	[ɪk`saɪtɪd]	興奮的
decide	[dɪ`saɪd]	做決定

excite

025-4

li + ke + ly = likely

可能的

Jeff is **likely** to be in New Jersey this September.
今年九月傑夫可能會在紐澤西。

li + ne = line

直線

Kate draws a **line** on a piece of paper.
凱特在紙上畫直線。

sli + de = slide

滑動

The car **slid** because of the rain. 汽車因雨打滑。

ar + rive = arrive

抵達

Rita **arrived** in Taipei last Friday.
麗塔上個禮拜五抵達台北。

d + rive = drive

駕駛

Can you **drive** a car? 你會開車嗎？

dri + ver = driver

駕駛員

I paid 5 dollars to the taxi **driver**.
我付了5美元給計程車司機。

smi + **le** = **smile**

微笑　What is Jimmy **smiling** at? 吉米在笑什麼？

mi + **ne** = **mine**

我的東西　Those books are **mine**. 那些書是我的。

mi + **ce** = **mice**

老鼠們　It is a movie about **mice**. 那是一部關於老鼠的影片。

ex + **cite** = **excite**

使興奮　The news **excites** me. 這個消息令我大感興奮。

ex + **ci** + **ted** = **excited**

興奮的　He is **excited** about the concert. 他對演唱會感到興奮。

de + **cide** = **decide**

做決定　It is very difficult to **decide**. 要做決定很難。

學會自然發音

字母 **ir**

發音符號 [ɝ]

Rap記憶口訣

小鳥兒舌頭捲起來
[ɝ ɝ ɝ]

發音規則

ir 在一起時，唸成 [ɝ]

用故事記發音規則

i 媽媽和 r 小妹一起唱『兒』歌。所以 ir 唸 [ɝ]。

聽rap記單字

一邊聽 rap，一邊注意字母 ir [ɝ] 的發音，就能很快把單字記住喔！

026-2

1 **skirt** 裙子	字母 k，[kkk]，i.r i.r，[ɝ ɝ]， k.i.r k.i.r，[kɝ kɝ]，skirt
2 **girl** 女孩	字母 g，[ggg]，i.r i.r，[ɝ ɝ]， g.i.r g.i.r，[gɝ gɝ]，girl
3 **first** 第一的	字母 f，[fff]，i.r i.r，[ɝ ɝ]， f.i.r f.i.r，[fɝ fɝ]，first
4 **birthday** 生日	字母 b，[bbb]，i.r i.r，[ɝ ɝ]， b.i.r b.i.r，[bɝ bɝ]，birthday

skirt 裙子

sir	[sɝ]	先生
shirt	[ʃɝt]	襯衫
T-shirt	[`ti.ʃɝt]	T恤

sir

girl 女孩

stir	[stɝ]	攪拌
dirt	[dɝt]	灰塵
dirty	[`dɝtɪ]	骯髒的

stir

ir [ɝ]

first 第一的

thirsty	[`θɝstɪ]	口渴的
thirty	[`θɝtɪ]	三十
third	[θɝd]	第三的

thirsty

birthday 生日

birth	[bɝθ]	誕生
bird	[bɝd]	小鳥
firm	[fɝm]	堅固的

birth

s + ir = sir

先生 This way, **sir**. 先生，這邊請。

sh + ir + t = shirt

襯衫 Do you like this pink **shirt**? 你喜歡這件粉紅色襯衫嗎？

T-sh + ir + t = T-shirt

T恤 I like to wear a **T-shirt**. 我喜歡穿T恤。

st + ir = stir

攪拌 Louis sugars his coffee and **stirs** it.
路易在咖啡裡加糖並攪拌。

dir + t = dirt

灰塵 Wash the **dirt** off your face. 把你臉上的灰塵洗乾淨。

dir + ty = dirty

骯髒的 Be careful not to get your shirt **dirty**.
小心別把你的襯衫弄髒。

thir + **sty** = **thirsty**

口渴的　I am hungry and **thirsty**. 我又餓又渴。

 thir + **ty** = **thirty**

三十　There are **thirty** days in June. 六月有30天。

 thir + **d** = **third**

第三的　Billy wins the **third** place. 比利得了第三名。

 bir + **th** = **birth**

誕生　We celebrated Claire's **birth** with a potluck party.
我們舉辦自帶菜餚的派對來慶祝克萊兒的誕生。

 bir + **d** = **bird**

小鳥　He raises a beautiful **bird**. 他養了一隻美麗的鳥兒。

 fir + **m** = **firm**

堅固的　The desk is **firm**. 書桌很堅固。

f [f]

fin- [fɪn]，字首，表示「終端、結束」之意	fit [fɪt] 與…相符合	friend [frɛnd] 朋友
fin 鰭 **fin**ger 手指 **fin**ish 完成、結束	**fit**ness 健康 **fit**ting 試穿 pro**fit** 利潤	**friend**ly 友善的 **friend**ship 友誼 un**friend**ly 不友善的

f [f]

-ful [fəl]，形容詞字尾，表示「充滿…的、有…性質的」之意	
beauti**ful** 美麗的 care**ful** 小心的 color**ful** 多彩的 help**ful** 有幫助的 pain**ful** 疼痛的	peace**ful** 和平的 skill**ful** 技術好的 success**ful** 成功的 use**ful** 有用的 wonder**ful** 良好的

g [g]

grand- [grænd]，字首，表示「家族中親屬關係相隔兩代」之意	gold [gold] 黃金
granddaughter 孫女 **grand**father 祖父、外公 **grand**mother 祖母、外婆 **grand**son 孫子 **grand**parents 祖父母 **grand**children 孫子女	**gold**en 黃金的、金色的 **gold**fish 金魚 **gold**smith 金匠

h [h]

high [haɪ] 高的、高級的	house [haʊs] 房屋、住所	heart [hɑrt] 心、心臟
highway 高速公路 junior **high** school 初中 senior **high** school 高中	**house**wife 家庭主婦 **house**work 家事	**heart**ache 心痛 **heart**beat 心跳 **heart**break 心碎

i [ɪ]

im- [ɪm]，字首， 表示「不、向內、 處於…境地」之意	in [ɪn] 在…之內	inter- [ɪntɚ]， 字首，表示「在… 之間、互相」之意
impolite 不禮貌的 **im**port 進口 **im**portance 重要 **im**portant 重要的 **im**possible 不可能的 **im**press 使感動 **im**prove 改善	**in**ch 英吋 **in**clude 包括 **in**crease 增加 **in**dependent 獨立的 **in**dicate 指出 **in**fluence 影響 **in**formation 訊息 **in**side 內部 **in**sist 堅持 **in**spire 給予靈感 **in**strument 樂器 **in**telligent 聰明的 **in**to 入內 **in**vent 發明 **in**vite 邀請	**inter**est 利息 **Inter**ested 有興趣的 **inter**esting 令人感興趣的 **inter**national 國際間的 **inter**net 網際網路 **inter**rupt 打斷 **inter**view 面試

字母 **j**

發音符號 **[dʒ]**

Rap記憶口訣

J小弟 擠牛奶
[dʒ dʒ dʒ]

發音規則

字母 j 通常都唸成 [dʒ]

用故事記發音規則

j 小弟搭噴射『機』到處去旅行，所以 j 不管在哪裡出現都唸 [dʒ]。

聽rap記單字

一邊聽 rap，一邊注意字母 j [dʒ] 的發音，就能很快把單字記住喔!

027-2

1	jogger 慢跑者	字母 j，[dʒ dʒ dʒ]，字母 o，[ɑɑɑ]，j.o j.o，[dʒɑ dʒɑ]，jogger
2	jam 果醬	字母 j，[dʒ dʒ dʒ]，字母 a，[æææ]，j.a j.a，[dʒæ dʒæ]，jam
3	reject 拒絕	字母 j，[dʒ dʒ dʒ]，字母 e，[ɛɛɛ]，j.e j.e，[dʒɛ dʒɛ]，reject
4	jump 跳躍	字母 j，[dʒ dʒ dʒ]，字母 u，[ʌʌʌ]，j.u j.u，[dʒʌ dʒʌ]，jump

jogger 慢跑者

jog	[dʒɑg]	慢跑
job	[dʒɑb]	工作
jobless	[`dʒɑblɪs]	沒工作的

jog

jam 果醬

jacket	[`dʒækɪt]	外套
January	[`dʒænjʊˏɛrɪ]	一月
jazz	[dʒæz]	爵士樂

jacket

j [dʒ]

reject 拒絕

object	[`ɑbdʒɪkt]	目標*
project	[prə`dʒɛkt]	企畫
subject	[`sʌbdʒɪkt]	學科*

object

jump 跳躍

just	[dʒʌst]	僅，只
adjust	[ə`dʒʌst]	調整
juggle	[`dʒʌgl̩]	雜耍

just

*因處於弱音節，[ɛ]的音弱化為[ɪ]

jo + **g** = **jog**

慢跑　I **jog** every morning. 我每天早上都慢跑。

jo + **b** = **job**

工作　She is just for the **job**. 她很適合這份工作。

job + **less** = **jobless**

沒工作的　There are millions of **jobless** people.
失業人口數以百萬計。

jack + **et** = **jacket**

外套　Mom bought me a new **jacket**. 媽媽幫我買了新外套。

Jan + **u** + **ary** = **January**

一月　**January** is the first month of a year.
一月是一年的第一個月份。

jaz + **z** = **jazz**

爵士樂　I love **jazz**. 我愛爵士樂。

124

ob + **ject** = **object**

目標　What is your **object**? 你的目標是什麼？

pro + **ject** = **project**

企畫　He is doing a **project**. 他正在進行一項企畫。

sub + **ject** = **subject**

學科　English is my favorite **subject**. 英文是我最喜歡的學科。

jus + **t** = **just**

僅，只　He is **just** a little boy. 他只是個小男孩。

ad + **just** = **adjust**

調整　Remember to **adjust** your watch. 記得調整你的手錶。

jug + **gle** = **juggle**

雜耍　Cecil **juggles** with balls. 西索用球來玩雜耍。

125

學會自然發音

字母 **k**

發音符號 **[k]**

Rap記憶口訣

咳嗽的咳 [k k k]

發音規則

字母 k 通常都唸成 [k]

用故事記發音規則

k 小弟身體不好，一天到晚『咳』不停，所以 k 不管在哪裡出現都唸 [k]。

聽rap記單字

一邊聽 rap，一邊注意字母 k [k] 的發音，就能很快把單字記住喔!

028-2

1 **monkey** 猴子	字母 k，[kkk]，e.y，[ɪɪɪ]，k.e.y k.e.y，[kɪ kɪ]，monkey	
2 **ask** 詢問	字母 s，[sss]，字母 k，[kkk]，s.k s.k，[sk sk]，ask	
3 **shark** 鯊魚	a.r a.r，[ɑr ɑr ɑr]，字母 k，[kkk]，a.r.k a.r.k，[ɑrk ɑrk]，shark	
4 **lake** 湖	字母 a，[eee]，字母 k，[kkk]，a.k a.k，[ek ek]，lake	

monkey 猴子

donkey	[ˈdɑŋkɪ]	驢子
jockey	[ˈdʒɑkɪ]	騎師
hockey	[ˈhɑkɪ]	曲棍球

donkey

ask 詢問

skate	[sket]	溜冰鞋
ski	[ski]	滑雪
skin	[skɪn]	皮膚

skate

k [k]

028-3

shark 鯊魚

bark	[bark]	吠叫
dark	[dark]	暗的
mark	[mark]	分數

bark

lake 湖

cake	[kek]	蛋糕
make	[mek]	製作
mistake	[mɪˈstek]	錯誤

cake

028-4

don + key = donkey

驢子

Shrek and **Donkey** are good partners.
史瑞克和驢子是好伙伴。

jo + ckey = jockey

騎師

The horse finished the race without his **jockey**.
這匹馬在沒有騎師的狀況下跑完了比賽。

ho + ckey = hockey

曲棍球

Do you like to play ice **hockey**?
你喜歡打冰上曲棍球嗎？

sk + ate = skate

溜冰鞋

She has three pairs of **skates**. 她有三雙溜冰鞋。

sk + i = ski

滑雪

Let's go **skiing** this winter! 今年冬天去滑雪吧！

sk + in = skin

皮膚

Beauty is only **skin** deep. 美貌是膚淺的。

b + ark = bark

吠叫　A **barking** dog doesn't bite. 會叫的狗不咬人。

d + ark = dark

暗的　The color is **dark**. 這顏色很暗。

m + ark = mark

分數　The teacher **marked** the exam papers.
老師在考試卷上打分數。

c + ake = cake

蛋糕　Their chocolate **cake** is really delicious.
他們的巧克力蛋糕真是美味。

m + ake = make

製作　Do you want to **make** a gingerbread house with me?
你想跟我一起做薑餅屋嗎？

mis + take = mistake

錯誤　There is no spelling **mistake** in Jill's composition.
吉兒的作文裡沒有任何拼字錯誤。

129

字母

發音符號 [l]

029-1

Rap記憶口訣

雷公生氣了
打雷了 [lll]

發音規則

字母 l 出現在母音前，唸成 [l]

用故事記發音規則

l 小弟跑在媽媽前面，真『厲』害，所以 l 出現在母音前面都唸 [l]。

聽rap記單字

一邊聽 rap，一邊注意字母 l [l] 的發音，就能很快把單字記住喔!

029-2

1

lion 獅子

字母 l，[lll]，字母 i，[aɪ aɪ aɪ]，
l.i l.i，[laɪ laɪ]，lion

2

lick 舔

字母 l，[lll]，字母 i，[ɪɪɪ]，
l.i l.i，[lɪ lɪ]，lick

3

black 黑色的

字母 l，[lll]，字母 a，[æææ]，
l.a l.a，[læ læ]，black

4

leg 腿

字母 l，[lll]，字母 e，[εεε]，
l.e l.e，[lε lε]，leg

lion 獅子

library	[ˈlaɪˌbrɛrɪ]	圖書館
light	[laɪt]	光
lightning	[ˈlaɪtnɪŋ]	閃電

library

lick 舔

list	[lɪst]	條列項目
listen	[ˈlɪsn̩]	聽
little	[ˈlɪtl̩]	小的

list

029-3

l [l]

black 黑色的

blackboard	[ˈblækˌbord]	黑板
blank	[blæŋk]	空白
blanket	[ˈblæŋkɪt]	毯子

blackboard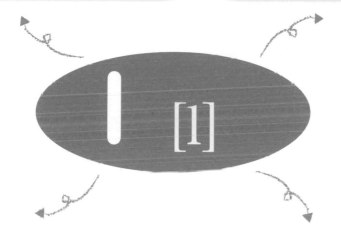

leg 腿

left	[lɛft]	左邊
lemon	[ˈlɛmən]	檸檬
lend	[lɛnd]	借

left

131

029-4

li + **bra** + **ry** = **library**

圖書館 Sally often goes to the **library**. 莎莉常常去圖書館。

li + **gh**t = **light**

光 Do you know the speed of **light**? 你知道光速嗎？

li + **gh**t + **ning** = **lightning**

閃電 Little Linda is afraid of thunder and **lightning**.
小琳達害怕打雷和閃電。

lis + t = **list**

條列項目 Would you put my name on the waiting **list**?
你會把我的名字寫在候補名單上嗎？

lis + ten = **listen**

聽 **Listen** carefully to the teacher. 注意聽老師在說什麼。

lit + tle = **little**

小的 The bottle holds **little** water. 這瓶子裝著一點點的水。

132

b + lack + board = blackboard

黑板 The teacher is writing some sentences on the **blackboard**.
老師正在黑板上寫幾個句子。

 b + lan + k = blank

空白 This is a **blank** check. 這是一張空白支票。

 b + lan + ket = blanket

毯子 Linus is always holding the blue **blanket**.
奈勒斯總是抱著那條藍色毯子。

 lef + t = left

左邊 Please turn **left** at the corner. 請在轉角處左轉。

 lem + on = lemon

檸檬 Grandma's **lemon** pie is the best.
奶奶做的檸檬派是最棒的。

 len + d = lend

借 Could you **lend** me a pen? 你能借我一支筆嗎？

Rap記憶口訣

游泳池 pool pool
[l l l]

030-1

發音規則

字母 l 出現在母音後，唸成 [l]

用故事記發音規則

l 小弟跑在媽媽後面，跌了一跤，痛的唉『喔』唉『喔』叫，所以 l 出現在母音後面都唸 [l]。

聽rap記單字

一邊聽 rap，一邊注意字母 l [l] 的發音，就能很快把單字記住喔!

030-2

1 **ill** 生病	字母 i，[ɪɪɪ]，字母 l，[lll]， i.l.l，[ɪl ɪl]，ill	
2 **snail** 蝸牛	a.i a.i，[eee]，字母 l，[lll]， a.i.l，[el el]，snail	
3 **fall** 掉落	a.l a.l，[ɔɔɔ]，字母 l，[lll]， a.l.l，[ɔl ɔl]，fall	
4 **pool** 水池	o.o o.o，[uuu]，字母 l，[lll]， o.o.l，[ul ul]，pool	

ill 生病

kill	[kɪl]	殺死
skill	[ˋskɪl]	技術
still	[stɪl]	仍然

kill

snail 蝸牛

nail	[nel]	指甲
mail	[mel]	郵件
fail	[fel]	失敗

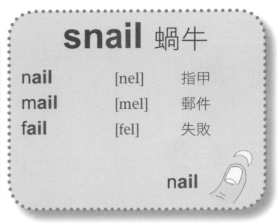

nail

l [l]

fall 掉落

call	[kɔl]	打電話
hall	[hɔl]	大廳
mall	[mɔl]	購物中心

call

pool 水池

cool	[kul]	涼爽的
fool	[ful]	傻瓜
school	[skul]	學校

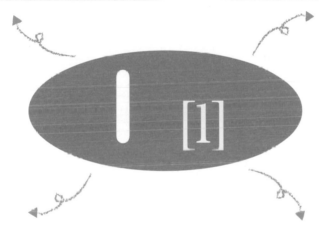

cool

030-4

kil + l = kill

殺死　Curiosity **kills** the cat. 好奇心殺死貓。

s + kil**l** = skill

技術　He is a painter of great **skill**.
他是一位技藝高超的畫家。

s + til**l** = still

仍然　I am **still** waiting for your answer. 我還在等你的答案。

n + ail = nail

指甲　Do you want to buy **nail** polish? 妳想買指甲油嗎？

m + ail = mail

郵件　You've got **mail**. 您有郵件。

f + ail = fail

失敗　Harry Potter **failed** to defend his schoolmaster.
哈利波特沒能保護他的校長。

c + all = call

打電話　May I **call** you? 我可以打電話給妳嗎？

h + all = hall

大廳　Please enter the **hall**. 請進大廳。

m + all = mall

購物中心　We will go to the shopping **mall** this weekend.
我們這個週末要去逛購物中心。

c + ool = cool

涼爽的　It's **cool** and windy. 天氣涼爽又有風。

f + ool = fool

傻瓜　Don't take me for a **fool**. 別把我當笨蛋。

sch + ool = school

學校　Which **school** do you prefer? 你比較喜歡哪間學校？

字母 **m**

發音符號 **[m]**

031-1

Rap記憶口訣

為什麼？[m m m]

為什麼？

發音規則

字母 m 出現在母音前，唸 [m]

用故事記發音規則

m 小弟跑到媽媽面前，問：「為什『麼』？」，所以字母 m 出現在母音前面都唸 [m]。

聽rap記單字

一邊聽 rap，一邊注意字母 m [m] 的發音，就能很快把單字記住喔！

031-2

1 **mean** 小氣的	字母 m，[mmm]，e.a e.a，[iii]，m.e.a，[mi mi]，mean
2 **manager** 經理	字母 m，[mmm]，字母 a，[æææ]，m.a m.a，[mæ mæ]，manager
3 **milk** 牛奶	字母 m，[mmm]，字母 i，[ɪɪɪ]，m.i m.i，[mɪ mɪ]，milk
4 **menu** 菜單	字母 m，[mmm]，字母 e，[ɛɛɛ]，m.e m.e，[mɛ mɛ]，menu

mean 小氣的

mea**ning**	[ˋminɪŋ]	意義
mea**l**	[mil]	餐點
mea**t**	[mit]	肉

mea**ning** *good* = 好的

manager 經理

ma**nner**	[ˋmænɚ]	規矩
ma**dam**	[ˋmædəm]	女士
ma**ster**	[ˋmæstɚ]	大師

ma**nner**

m [m]

milk 牛奶

mi**llion**	[ˋmɪljən]	百萬
mi**ddle**	[ˋmɪdl̩]	中間的
mi**dnight**	[ˋmɪdˌnaɪt]	午夜

mi**llion**

menu 菜單

me**dicine**	[ˋmɛdəsn̩]	藥
me**n**	[mɛn]	男人們
me**tal**	[ˋmɛtl̩]	金屬

me**dicine**

031-4

 good = 好的

mea + **ning** = **meaning**

意義　Do you understand the **meaning** of her lecture?
你知道她的演說是什麼意思嗎?

mea + **l** = **meal**

餐點　Don't eat snacks between **meals**.
別在正餐之間吃零食。

mea + **t** = **meat**

肉　Eat red **meat** too often is not good for health.
太常吃紅肉有害健康。

man + **ner** = **manner**

規矩　It is bad **manners** to talk with mouth full.
邊吃東西邊說話很沒禮貌。

mad + **am** = **madam**

女士　May I help you, **madam**? 能為您效勞嗎,女士?

mas + **ter** = **master**

大師　He is a **master** of none. 他這個人什麼都不專精。

mil + lion = million

百萬 There are seven **million** people in the country.
這個國家有七百萬人口。

 mid + = middle

中間的 Her **middle** name is Katherine. 她的中間名是凱薩琳。

 mid + night = midnight

午夜 The airplane is leaving at **midnight**. 飛機將在午夜起飛。

 med + i + cine = medicine

藥 Take this **medicine** after meals. 這些藥在飯後吃。

 me + n = men

男人們 **Men** and women are equal. 男人和女人是平等的。

 met + al = metal

金屬 Do you know the definition of **metal** fatigue?
你知道金屬疲勞的定義嗎？

學會自然發音
字母 **m**
發音符號 **[m]**

Rap記憶口訣

火腿好好吃
好好吃 [m m m]

發音規則

字母 m 出現在母音後，唸成 [m]

用故事記發音規則

m 小弟吃火腿（ham），[mmm]。所以字母 m 出現在母音後面都唸成 [m]。

聽rap記單字

一邊聽 rap，一邊注意字母 m [m] 的發音，就能很快把單字記住喔！

1 **ham** 火腿	字母 a，[ææ]，字母 m，[mm]， a.m a.m，[æm æm]，ham
2 **seldom** 很少地	字母 o，[əə]，字母 m，[mm]， o.m o.m，[əm əm]，seldom
3 **steam** 蒸煮	e.a e.a，[ii]，字母 m，[mm]， e.a.m e.a.m，[im im]，steam
4 **platform** 月台	o.r o.r，[ɔr ɔr]，字母 m，[mm]， o.r.m o.r.m，[ɔrm ɔrm]，platform

ham 火腿

hamburger	[ˋhæmbɝgɚ]	漢堡
exam	[ɪgˋzæm]	考試
example	[ɪgˋzæmpl̩]	例子

hamburger

seldom 很少地

freedom	[ˋfridəm]	自由
kingdom	[ˋkɪŋdəm]	王國
wisdom	[ˋwɪzdəm]	智慧

free**dom**

m [m]

steam 蒸煮

stream	[strim]	溪流
dream	[drim]	夢想
daydream	[ˋde͵drim]	白日夢

str**eam**

platform 月台

form	[fɔrm]	表格
inform	[ɪnˋfɔrm]	告知
uniform	[ˋjunə͵fɔrm]	制服

form

032-4

ham + bur + ger = hamburger

漢堡　Sandra prefers cheese **hamburger**. 珊卓偏愛起司漢堡。

ex + am = exam

考試　I have to study for the **exam**. 我必須爲了考試溫書。

ex + am + ple = example

例子　Here is another **example**. 這裡有另外一個例子。

free + dom = freedom

自由　They fight for **freedom**. 他們爲了自由而戰。

king + dom = kingdom

王國　Shrek and Fiona live in far far away **kingdom**.
史瑞克和費歐娜住在遠得要命王國。

wis + dom = wisdom

智慧　Owl is the symbol of **wisdom**. 貓頭鷹是智慧的象徵。

st + r + eam = stream

溪流　Do you see that frozen **stream**?
你看到那條結冰的小溪了嗎？

d + r + eam = dream

夢想　I have a **dream**. 我有一個夢想。

day + dream = daydream

白日夢　A **daydream** is a fantasy experienced while awake.
白日夢是在醒著的時候體驗到的幻想

f + orm = form

表格　You have to fill out the **form**. 你必須填寫這張表格。

in + form = inform

告知　I **inform** his mother about his outstanding achievement.
我將他非凡的成就告訴他母親。

uni + form = uniform

制服　Jenny looks cute in **uniform**. 珍妮穿制服的樣子很可愛。

學會自然發音

字母 **n**

發音符號 **[n]**

Rap記憶口訣

你的呢？
我的呢？[nnn]

發音規則

字母 n 出現在母音前，唸成 [n]

用故事記發音規則

n 小弟走到媽媽面前，問：「爸爸怎麼還沒回家『呢』?」，所以子音 n 在母音前面都唸成 [n]。

聽rap記單字

一邊聽 rap，一邊注意字母 n [n] 的發音，就能很快把單字記住喔！

1 **notice** 發覺	字母 n，[nnn]，字母 o，[ooo]，n.o n.o，[no no]，notice
2 **national** 國家的	字母 n，[nnn]，字母 a，[æ æ æ]，n.a n.a，[næ næ]，national
3 **nine** 九個	字母 n，[nnn]，字母 i，[aɪ aɪ aɪ]，n.i n.i，[naɪ naɪ]，nine
4 **nest** 鳥巢	字母 n，[nnn]，字母 e，[ɛɛɛ]，n.e n.e，[nɛ nɛ]，nest

146

notice 發覺

no**te**	[not]	筆記
no**se**	[noz]	鼻子
pia**no**	[pɪˋæno]	鋼琴

no**te**

national 國家的

nation	[ˋneʃən]	國家*
nature	[ˋnetʃɚ]	自然*
natural	[ˋnætʃərəl]	自然的

nation

n [n]

nine 九個

nineteen	[ˋnaɪnˋtin]	十九
ninety	[ˋnaɪntɪ]	九十
ninth	[naɪnθ]	第九

nineteen

nest 鳥巢

neck	[nɛk]	脖子
necklace	[ˋnɛklɪs]	項鍊
never	[ˋnɛvɚ]	絕不

neck

033-4

no + **te** = **note**

筆記　Don't you take **notes**? 妳不抄筆記嗎？

no + **se** = **nose**

鼻子　I have a runny **nose** because of cold.
我因為感冒而流鼻涕。

pi + **a** + **no** = **piano**

鋼琴　Grace plays the **piano** very well. 葛莉絲很會彈鋼琴。

na + **tion** = **nation**

國家　Can you tell me the definition of **nation**?
你能告訴我國家的定義嗎？

na + **ture** = **nature**

自然　May I visit the **nature** reserve?
我能參觀這個自然保護區嗎？

nat + **ur** + **al** = **natural**

自然的　We must cherish **natural** resources.
我們必須珍惜天然資源。

19

十九

nin⊙ + teen = nineteen

Nineteen girls joined the cheer squad.
有十九個女孩參加了啦啦隊。

90

九十

nin⊙ + ty = ninety

He composed **ninety** songs. 他寫了九十首歌。

第九

nin + th = ninth

Today is the **ninth** day I enter the school.
這是我來學校的第九天。

脖子

ne + ck = neck

Mom, my **neck** aches. 媽媽，我的脖子好痛。

項鍊

ne + ck + lac⊙ = necklace

She wears a beautiful diamond **necklace**.
她戴了一條漂亮的鑽石項鍊。

絕不

ne + ver = never

Never say goodbye. 別說再見。

149

學會自然發音

字母 **n**

發音符號 **[n]**

Rap記憶口訣

好呀好呀
嗯嗯嗯 [n n n]

發音規則

字母 n 出現在母音後，唸成 [n]

用故事記發音規則

火車過山洞，黑漆漆的，媽媽問 n 小弟，你會怕嗎？n 小弟說：「嗯嗯嗯 [nnn]」。

聽rap記單字

一邊聽 rap，一邊注意字母 n [n] 的發音，就能很快把單字記住喔！

034-2

1

engineer 工程師

字母 e，[εεε]，字母 n，[nnn]，
e.n e.n，[εn εn]，engineer

2

be ➡ been

been be 動詞過去分詞

e.e e.e，[iii]，字母 n，[nnn]，
e.e.n，[in in]，been

3

candle 蠟燭

字母 a，[ææ]，字母 n，[nnn]，
a.n a.n，[æn æn]，candle

4

jeans 牛仔褲

e.a e.a，[iii]，字母 n，[nnn]，
e.a.n，[in in]，jeans

150

engineer 工程師

engine	[ˋɛndʒən]	引擎
engergetic	[ˏɛnɚˋdʒɛtɪk]	有活力的
end	[ɛnd]	結束

engine

been be 動詞過去分詞

sixteen	[ˋsɪksˋtin]	十六
seventeen	[ˏsɛvn̩ˋtin]	十七
eighteen	[ˋeˋtin]	十八

sixteen 16

034-3

n [n]

candle 蠟燭

candy	[ˋkændɪ]	糖果
cancel	[ˋkænsl̩]	取消
cancer	[ˋkænsɚ]	癌症

candy

jeans 牛仔褲

clean	[klin]	清潔
lean	[lin]	倚靠
soybean	[sɔɪbin]	黃豆

clean

034-4

en + gine = engine

引擎

A machine doesn't work without an **engine**.
機器沒有引擎就無法發動。

en + er + ge + tic = energetic

有活力的

Martina is an **energetic** tennis player.
瑪汀娜是一位活躍的網球選手。

en + d = end

結束

The movie **ends** in tragedy. 這部片以悲劇收場。

16

six + teen = sixteen

十六

Audrey's younger sister is **sixteen** years old.
奧黛莉的妹妹十六歲。

17

se + ven + teen = seventeen

十七

Audrey is **seventeen** years old. 奧黛莉十七歲。

18

eigh + teen = eighteen

十八

Audrey's elder sister is **eighteen** years old.
奧黛莉的姊姊十八歲。

can + dy = candy

糖果　Eating too much **candy** is bad for teeth.
吃太多糖果對牙齒不好。

can + cel = cancel

取消　The plan is **cancelled**. 計畫取消了。

can + cer = cancer

癌症　I would like to receive more information about **cancer**.
我想知道更多跟癌症有關的資訊。

c + lean = clean

清潔　Her kitchen is **clean**. 她的廚房很乾淨。

l + ean = lean

倚靠　Don't **lean** against the door. 別靠在門上。

soy + bean = soybean

黃豆　Ellen bought some **soybean** sauce. 艾倫買了一些醬油。

字母 **ng**

發音符號 **[ŋ]**

035-1

Rap記憶口訣

好臭啊！好臭啊！

是誰在 [ŋŋ]

發音規則

ng 在一起時，唸成 [ŋ]

用故事記發音規則

n 小弟和 g 小弟一起去東『京』(ㄥ)，所以字母 n 和字母 g 在一起都唸 [ŋ]。

聽rap記單字

一邊聽 rap，一邊注意字母 ng [ŋ] 的發音，就能很快把單字記住喔！

035-2

1 **ring** 戒指	字母 i，[ɪɪɪ]，n.g n.g，[ŋŋŋ]， i.n.g i.n.g，[ɪŋ ɪŋ]，ring
2 **hang** 掛	字母 a，[æææ]，n.g n.g，[ŋŋŋ]， a.n.g a.n.g，[æŋ æŋ]，hang
3 **ceiling** 天花板	字母 i，[ɪɪɪ]，n.g n.g，[ŋŋŋ]， i.n.g i.n.g，[ɪŋ ɪŋ]，ceiling
4 **long** 長	字母 o，[ɔɔɔ]，n.g n.g，[ŋŋŋ]， o.n.g o.n.g，[ɔŋ ɔŋ]，long

ring 戒指

boring	[`borɪŋ]	令人無聊的
bring	[brɪŋ]	帶來
earring	[`ɪr͵rɪŋ]	耳環

boring

hang 掛

triangle	[`traɪ͵æŋgl̩]	三角形
rectangle	[rɛk`tæŋgl̩]	長方形
language	[`læŋgwɪdʒ]	語言

triangle

ng [ŋ]

035-3

ceiling 天花板

feeling	[`filɪŋ]	感覺
bowling	[`bolɪŋ]	保齡球
dumpling	[`dʌmplɪŋ]	餃子

feeling

long 長

belong	[bə`lɔŋ]	屬於
along	[ə`lɔŋ]	沿著
song	[sɔŋ]	歌曲

belong

035-4

bo + ring = boring

令人無聊的　The lecture is so **boring**. 這場演講真是無聊。

b + ring = bring

帶來　April showers **bring** May flowers.
四月雨帶來五月花。

ear + ring = earring

耳環　The girl with a pearl **earring** is very pretty.
那戴著珍珠耳環的少女非常美麗。

tri + an + gle = triangle

三角形　The angles of a **triangle** always add up to 180 degrees. 三角形的角度總合永遠是180度。

rec + tan + gle = rectangle

長方形　Every angle of a **rectangle** is 90 degrees.
長方形的每一個角都是90度。

lan + guage = language

語言　**Language** learning should be fun.
語言的學習應該是有趣的。

156

fee + **ling** = **feeling**

感覺

I had a strange **feeling** the first time I met her.
當我第一次遇到她時，我有很奇怪的感覺。

bow + **ling** = **bowling**

保齡球

Playing **bowling** is very interesting.
打保齡球很好玩。

dump + **ling** = **dumpling**

餃子

Jerry prefers boiled **dumpling** to steamed **dumpling**.
比起蒸餃，傑瑞更愛水餃。

be + **long** = **belong**

屬於

The ring **belongs** to me. 這個戒指屬於我。

a + **long** = **along**

沿著

I walk **along** the street. 我沿著那條街走。

s + **ong** = **song**

歌曲

Sing a love **song** for me. 為我唱首情歌。

學會自然發音

字母 **o**

發音符號 **[a]**

Rap記憶口訣

阿婆的ㄚ ［ aaa ］

發音規則

子音＋o＋子音，o
唸 [a]

用故事記發音規則

公車好擠『啊』! o 媽媽站
在前面，被夾在兩個小孩
中間，所以字母 o 在兩個
子音中間，唸 [a]。

聽rap記單字

一邊聽 rap，一邊注意字母 o [a] 的發音，
就能很快把單字記住喔!

1 **somebody** 某人	字母 b，[bbb]，字母 o，[aaa]， b.o b.o，[ba ba]，somebody
2 **lock** 鎖住	字母 l，[lll]，字母 o，[aaa]， l.o l.o，[la la]，lock
3 **monster** 妖怪	字母 m，[mmm]，字母 o，[aaa]， m.o m.o，[ma ma]，monster
4 **helicopter** 直升機	字母 c，[kkk]，字母 o，[aaa]， c.o c.o，[ka ka]，helicopter

158

somebody 某人

bomb	[bam]	炸彈
bottle	[`batl̩]	瓶子
bottom	[`batəm]	底部

bomb

lock 鎖住

block	[blak]	封鎖
clock	[klak]	時鐘
o'clock	[ə`klak]	點鐘

block

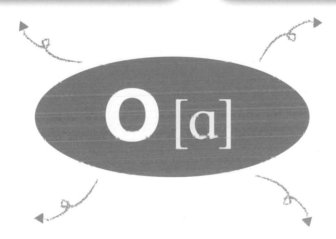

O [ɑ]

036-3

monster 妖怪

model	[`madl̩]	模特兒
modern	[`madɚn]	現代的
mop	[map]	拖把

model

helicopter 直升機

contact	[`kantækt]	聯絡
contract	[`kantrækt]	契約
cotton	[`katn̩]	棉花

contact

036-4

bom + b = **bomb**

炸彈　The police found a time **bomb**. 警方找到一枚定時炸彈。

bot + tle = **bottle**

瓶子　Claire drank five **bottles** of milk. 克萊兒喝了五瓶牛奶。

bot + tom = **bottom**

底部　The **bottom** of the bottle is broken. 瓶子的底部破了。

b + **lock** = **block**

封鎖　Laura **blocked** him from MSN.
蘿拉把他從MSN名單上封鎖了。

c + **lock** = **clock**

時鐘　Lady Chatterley has a delicate Swiss **clock**.
查泰萊夫人有一座精緻的瑞士鐘。

o' + **clock** = **o'clock**

點鐘　It's ten **o'clock**. 現在十點鐘。

160

mod + **el** = **model**

摸特兒　Giselle is a famous top **model**. 姬賽兒是頂尖名模。

mod + **ern** = **modern**

現代的　Maggie wrote a thesis on **modern** art.
瑪姬寫了一本關於現代藝術的論文。

mo + **p** = **mop**

拖把　**Mops** are for cleaning the floor. 拖把是用來清理地板的。

con + **tact** = **contact**

聯絡　Please **contact** the head office. 請與總公司聯繫。

con + **tract** = **contract**

契約　Do you need sample **contracts**? 你需要合約範本嗎？

cot + **ton** = **cotton**

棉花　Kids love **cotton** candy. 小孩子都愛棉花糖。

161

學會自然發音

字母 **o**

發音符號 **[o]**

037-1

Rap記憶口訣

海鷗的ㄡ [○ ○ ○]

發音規則

oa、oe、ow、oor，
o + 子音 + e，或以 o
開頭、結尾，o 可能
唸成長音的 [o]

用故事記發音規則

o 媽媽很長舌，『偶』爾和
抱著小孩的 e 媽媽話家常，
『偶』爾找其他媽媽串門
子，『偶』爾聊八卦還能自
己開頭跟結尾。

聽rap記單字

一邊聽 rap，一邊注意字母 o [o] 的發音，
就能很快把單字記住喔!

037-2

1 **poor** 貧窮*	字母 p，[ppp]，o.o.r，[ʊr ʊr ʊr]， p.o.o.r，[pʊr pʊr]，poor	
2 **go** 去	字母 g，[ggg]，字母 o，[o o o]， g.o g.o，[go go]，go	
3 **home** 家	字母 h，[hhh]，字母 o，[o o o]， h.o h.o，[ho ho]，home	
4 **boat** 小船	字母 b，[bbb]，o.a o.a，[o o o]， b.o.a，[bo bo]，boat	

*在美式發音 oor 唸[or]只有 door 跟 floor 兩字，其他皆唸[ʊr]，但英式發音則都唸為略帶[o]的音，可視為通則。

162

poor 貧窮

door	[dor]	門
indoor	[`ɪn‚dor]	室內
floor	[flor]	地板

door

go 去

ago	[ə`go]	以前
bingo	[`bɪŋgo]	賓果遊戲
cargo	[`kɑrgo]	貨物

ago

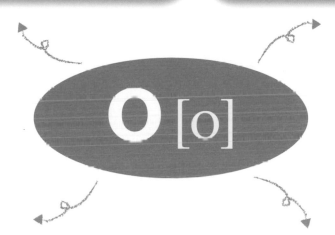

037-3

O [o]

home 家

homesick	[`hom‚sɪk]	思鄉病
homework	[`hom‚wɝk]	回家作業
hope	[hop]	希望

homesick

boat 小船

coast	[kost]	海岸
goal	[gol]	終點
goat	[got]	山羊

coast

037-4

d + **oor** = **door**

門   Open the **door**, please. 請開門。

in + **door** = **indoor**

室內   Mom prefers **indoor** swimming pool.
媽媽比較喜歡室內游泳池。

f + **loor** = **floor**

地板   The **floor** is made of wood. 地板是木製的。

a + **go** = **ago**

以前   Auntie Liz was a singer many years **ago**.
莉茲阿姨多年前曾是位歌手。

bin + **go** = **bingo**

賓果遊戲   Don't tell me that you don't know **bingo** rules!
別跟我說你不知道賓果的遊戲規則！

car + **go** = **cargo**

貨物   Those are **cargo** planes. 那些都是貨物運輸機。

164

hom<u>e</u> + sick = homesick

思鄉病   Cindy becomes **homesick**. 辛蒂很想家。

hom<u>e</u> + work = homework

回家作業   Finish your **homework** and you can play computer games. 寫完功課才能玩電腦遊戲。

ho + p<u>e</u> = hope

希望   Don't give up your **hope**. 不要放棄你的希望。

coa + st = coast

海岸   They will travel along the **coast**. 他們將沿著海岸旅行。

goa + l = goal

終點   We are reaching the **goal**. 就快抵達終點了。

goa + t = goat

山羊   Do you want to try some **goat** cheese? 你想嚐嚐羊奶起司嗎？

Rap記憶口訣

好香ㄛ [ɔ ɔ ɔ]

038-1

發音規則

當字母 o 遇到 r 時，
o 唸成短音的 [ɔ]

用故事記發音規則

o 媽媽背著 r 小妹，好重
『ㄛ』，所以 o 後面有 r 的
時候，o 要唸成 [ɔ]

聽rap記單字

一邊聽 rap，一邊注意字母 o [ɔ] 的發音，
就能很快把單字記住喔!

038-2

1 **foreigner** 外國人	字母 f，[fff]，o.r o.r，[ɔr ɔr]， f.o.r，[fɔr fɔr]，foreigner
2 **torch** 火把	字母 t，[ttt]，o.r o.r，[ɔr ɔr]， t.o.r，[tɔr tɔr]，torch
3 **popcorn** 爆米花	字母 c，[kkk]，o.r o.r，[ɔr ɔr]， c.o.r，[kɔr kɔr]，popcorn
4 **forest** 森林	字母 f，[fff]，o.r o.r，[ɔr ɔr]， f.o.r，[fɔr fɔr]，forest

foreigner 外國人

foreign	[ˋfɔrɪn]	國外的
formal	[ˋfɔrml̩]	正式的
forward	[ˋfɔrwɚd]	向前

foreign

torch 火把

stork	[stɔrk]	鸛
storm	[stɔrm]	暴風雨
stormy	[ˋstɔrmɪ]	暴風雨的

stork

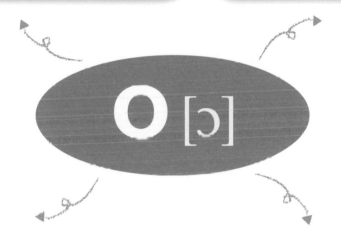

038-3

popcorn 爆米花

corn	[kɔrn]	玉米
corner	[ˋkɔrnɚ]	角落
recorder	[rɪˋkɔrdɚ]	錄音機

corn

forest 森林

for	[fɔr]	為了
forty	[ˋfɔrtɪ]	四十
fork	[fɔrk]	叉子

for

167

038-4

for + **e**i**g**n = **foreign**

國外的   Karen studies **foreign** languages. 凱倫研讀外文。

for + **mal** = **formal**

正式的   Please come in **formal** dress. 請穿著正式禮服前來。

for + **ward** = **forward**

向前   David looks **forward**. 大衛向前看了看。

s + **tor** + **k** = **stork**

鸛   **Storks** are long-legged birds. 鸛是腿很長的鳥類。

s + **tor** + **m** = **storm**

暴風雨   The **storm** is coming! 暴風雨快來了！

s + **tor** + **my** = **stormy**

暴風雨的   It was **stormy** yesterday. 昨天狂風暴雨。

cor + **n** = **corn**

玉米　Mom baked **corn** bread. 媽媽烤了玉米麵包。

cor + **ner** = **corner**

角落　He stands on the **corner** of the street. 他站在街角。

re + **cor** + **der** = **recorder**

錄音機　Please use the **recorder**. 請使用這台錄音機。

f + **or** = **for**

為了　I prepared a gift **for** you. 我為你準備了禮物。

40 **for** + **ty** = **forty**

四十　Mom is **forty** years old. 媽媽今年四十歲。

for + **k** = **fork**

叉子　You can eat steak with knives and **forks**.
你可以用刀叉吃牛排。

039-1

Rap記憶口訣

7點了 肚子好餓
[ə ə ə]

發音規則

字母 o 在弱音節，唸 [ə]

用故事記發音規則

o 媽媽一虛弱，肚子就會『餓』，所以唸成弱音的 [ə]。

好餓哦！快餓昏頭了！

聽rap記單字

一邊聽 rap，一邊注意字母 o [ə] 的發音，就能很快把單字記住喔！

039-2

1

computer 電腦

字母 c，[kkk]，字母 o，[əəə]，
c.o.m，[kəm kəm kəm]，computer

2

develop 開發

字母 l，[lll]，字母 o，[əəə]，
l.o l.o，[lə lə lə]，develop

3

chocolate 巧克力

字母 c，[kkk]，字母 o，[əəə]，
c.o c.o，[kə kə kə]，chocolate

4

production 產品

t.i t.i，[ʃʃʃ]，字母 o，[əəə]，
t.i.o.n，[ʃəʃ ʃəʃ]，production

170

*因字母重複，前面的 m 不發音

computer 電腦

complain	[kəm`plen]	抱怨
complete	[kəm`plit]	完成
command	[kə`mænd]	命令*

complain

develop 開發

diplomat	[`dɪpləmæt]	外交官
kilogram	[`kɪləˌgræm]	公斤
kilometer	[`kɪləˌmitɚ]	公里

diplomat

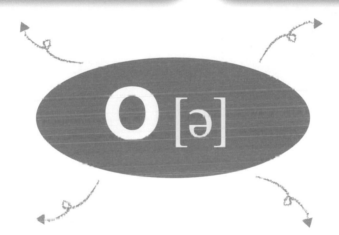

O [ə]

039-3

chocolate 巧克力

collect	[kə`lɛkt]	收集
concern	[kən`sɝn]	擔心
conditioner	[kən`dɪʃənɚ]	潤髮乳

collect

production 產品

action	[`ækʃən]	動作
attention	[ə`tɛnʃən]	注意力
direction	[də`rɛkʃən]	方向

action

039-4

抱怨

com + plain = complain

Sarah always **complains** to me about school.
莎拉總是向我抱怨學校的事。

完成

com + plete = complete

Neo **completed** the mission. 尼歐完成了任務。

命令

com + mand = command

Mom **commanded** me to do my homework.
媽媽命令我去寫功課。

外交官

dip + lo + mat = diplomat

The **diplomat** is flying to Paris.
那位外交官正搭機飛往巴黎。

公斤

ki + lo + gram = kilogram

We use the **kilogram** as a unit of weight.
我們用公斤當重量單位。

公里

ki + lo + me + ter = kilometer

It's about 100 **kilometers**. 大約100公里。

co + **lect** = **collect**

收集　We all love to **collect** stamps. 我們都愛集郵。

con + **cern** = **concern**

擔心　What **concerns** me most is the weather.
最令我擔心的就是天氣。

con + di + tion + er = conditioner

潤髮乳　Use the **conditioner** after rinsing your hair.
洗完頭髮後用潤髮乳。

ac + **tion** = **action**

動作　**Actions** speak louder than words. 坐而言不如起而行。

at + **ten** + **tion** = **attention**

注意力　Pay **attention** to your book. 專心看書。

di + **rec** + **tion** = **direction**

方向　He went in the wrong **direction**. 他走錯方向了。

字母 **O**

發音符號 **[ʌ]**

040-1

Rap記憶口訣

老太婆教英文 [ʌ] ㄛ

發音規則

字母 o 在重音節，唸 [ʌ]

用故事記發音規則

o 媽媽重重地跌了一跤，『ㄚˋ』，疼死人了！所以唸重音的 [ʌ]。

聽rap記單字

一邊聽 rap，一邊注意字母 o [ʌ] 的發音，就能很快把單字記住喔！

040-2

1 **money** 錢	字母 m，[mmm]，字母 o，[ʌʌʌ]，m.o m.o，[mʌ mʌ]，money
2 **become** 變成	字母 c，[kkk]，字母 o，[ʌʌʌ]，c.o c.o，[kʌ kʌ]，become
3 **other** 其他	字母 o，[ʌʌʌ]，t.h t.h，[ðĺĺ]，o.t.h，[ʌð ʌð]，other
4 **color** 顏色	字母 c，[kkk]，字母 o，[ʌʌʌ]，c.o c.o，[kʌ kʌ]，color

money 錢

Monday	[ˋmʌnde]	星期一
month	[mʌnθ]	月
mother	[ˋmʌðɚ]	母親

Monday

become 變成

come	[kʌm]	來
in**come**	[ˋɪnˌkʌm]	收入
out**come**	[ˋaʊtˌkʌm]	結果

come

040-3

O [ʌ]

other 其他

otherwise	[ˋʌðɚˌwaɪz]	否則
onion	[ˋʌnjən]	洋蔥
oven	[ˋʌvən]	烤箱

otherwise

color 顏色

cover	[ˋkʌvɚ]	覆蓋
dis**co**ver	[dɪsˋkʌvɚ]	發現
re**co**ver	[rɪˋkʌvɚ]	恢復

cover

040-4

Mon + day = Monday

星期一   I am in **Monday** blue. 我正處於星期一低潮症候群。

mon + th = month

月   Workers do the same things **month** after **month**.
工人們月復一月地做一樣的事。

moth + er = mother

母親   Mathematics is the **mother** of Science.
數學是科學之母。

co + me = come

來   **Come** here and get your present. 來這裡拿你的禮物吧。

in + come = income

收入   I live within my **income**. 我平日量入為出。

out + come = outcome

結果   Serena is not satisfied with the **outcome**.
瑟琳娜對結果不太滿意。

oth + er + wis_e = otherwise

否則

Seize the chance, **otherwise** you will regret it.
抓住機會，否則你會後悔。

on + ion = onion

洋蔥

Don't put **onion** in my sandwich.
我的三明治不要放洋蔥。

ov + en = oven

烤箱

Julie took the pizza out of the **oven**.
茱莉把披薩從烤箱裡拿出來。

cov + er = cover

覆蓋

The house is **covered** with snow. 那幢房子被雪覆蓋了。

dis + cov + er = discover

發現

Columbus **discovered** America. 哥倫布發現了美洲。

re + cov + er = recover

恢復

Grandfather has **recovered** his health. 爺爺恢復了健康。

041-1

Rap記憶口訣

兩個O媽媽，互相摀嘴巴 [uuu]

發音規則

兩個 o 一起出現時，oo 有時唸成 [u]

用故事記發音規則

兩個 o 媽媽實在太愛閒聊了，為了改正自己愛說話的毛病，兩個 o 媽媽就約定見面的時候要互相幫對方摀嘴巴，但還是很想講話，只好發出 [u] [u] 的長音

聽rap記單字

一邊聽 rap，一邊注意字母 oo [u] 的發音，就能很快把單字記住喔!

041-2

1
room 房間
字母 r，[rrr]，o.o，[uuu]，
r.o.o r.o.o，[ru ru]，room

2
too 太
字母 t，[ttt]，o.o，[uuu]，
t.o.o t.o.o，[tu tu]，too

3
rooster 公雞
字母 r，[rrr]，o.o，[uuu]，
r.o.o r.o.o，[ru ru]，rooster

4
goose 鵝
字母 g，[ggg]，o.o，[uuu]，
g.o.o g.o.o，[gu gu]，goose

room 房間

bathroom	[ˋbæθˏrum]	浴室
bedroom	[ˋbɛdˏrum]	臥房
classroom	[ˋklæsˏrum]	教室

bathroom

too 太

tooth	[tuθ]	牙齒
toothache	[ˋtuθˏek]	牙痛
toothbrush	[ˋtuθˏbrʌʃ]	牙刷

tooth

041-3

oo [u]

rooster 公雞

roof	[ruf]	屋頂
root	[rut]	根部
kangaroo	[ˏkæŋgəˋru]	袋鼠

roof

goose 鵝

choose	[tʃuz]	選擇
loose	[lus]	鬆開
noose	[nus]	繩套

choose

041-4

bath + room = bathroom

浴室

Lena, go to the **bathroom** and take a shower.
莉娜，去浴室沖個澡。

bed + room = bedroom

臥房

Fanny is in the **bedroom**. 菲妮在臥室裡。

class + room = classroom

教室

There are twenty students in the **classroom**.
教室裡有二十個學生。

too + th = tooth

牙齒

I removed my wisdom **tooth** yesterday.
我昨天去拔了智齒。

tooth + ache = toothache

牙痛

I'm suffering from a **toothache**. 我牙齒好痛。

tooth + brush = toothbrush

牙刷

May I buy a new **toothbrush**? 我可以買把新的牙刷嗎？

roo + f = roof

屋頂 Joanna has a beautiful **roof** garden.
喬安娜有個漂亮的屋頂花園。

roo + t = root

根部 Mom is making lotus **root** soup. 媽媽在煮蓮藕湯。

kan + ga + roo = kangaroo

袋鼠 You can see **kangaroos** in Australia.
你可以在澳洲看到袋鼠。

choo + se = choose

選擇 What should I **choose** as a present for her?
我該替她挑什麼禮物呢？

loo + se = loose

鬆開 **Loose** the lace of your shoes first. 先把你的鞋帶鬆開。

noo + se = noose

繩套 The farmer put a **noose** around the wood stick.
農夫把繩套套在木棍上。

學會自然發音

字母 **oo**

發音符號 **[ʊ]**

Rap記憶口訣

兩個o媽媽流眼淚，嗚嗚嗚 [ʊʊʊ]

發音規則

兩個 o 一起出現時，oo 有時會唸成 [ʊ]

用故事記發音規則

兩個頭大大的 o 媽媽，不小心撞在一起了，撞到連眼淚都流出來了，所以就「嗚嗚嗚」[ʊ ʊ ʊ] 的哭了出來。

聽rap記單字

一邊聽 rap，一邊注意字母 oo [ʊ] 的發音，就能很快把單字記住喔!

1 **good** 好的	字母 g，[ggg]，o.o，[ʊʊʊ]， g.o.o g.o.o，[gʊ gʊ]，good
2 **cook** 廚師	字母 c，[kkk]，o.o，[ʊʊʊ]， c.o.o c.o.o，[kʊ kʊ]，cook
3 **foot** 腳	字母 f，[fff]，o.o，[ʊʊʊ]， f.o.o f.o.o，[fʊ fʊ]，foot
4 **book** 書	字母 b，[bbb]，o.o，[ʊʊʊ]， b.o.o b.o.o，[bʊ bʊ]，book

good 好的

goods	[gʊdz]	貨物
goodbye	[ˌgʊd`baɪ]	再見
goodness	[`gʊdnɪs]	美德

goods

cook 廚師

cooker	[`kʊkɚ]	廚具
cookie	[`kʊki]	餅乾
cooking	[`kʊkɪŋ]	烹飪

cooker

042-3

foot 腳

football	[`fʊtˌbɔl]	足球
footpath	[`fʊtˌpæθ]	鄉間小徑
footprint	[`fʊtˌprɪnt]	足跡

football

book 書

bookcase	[`bʊkˌkes]	書架
bookstore	[`bʊkˌstor]	書店
notebook	[`notˌbʊk]	筆記本

bookcase

042-4

good + s = goods

貨物　Those **goods** are on sale. 那些貨品是要出售的。

good + by⊖ = goodbye

再見　Say **goodbye** to your auntie. 跟阿姨說再見。

good + nes⊗ = goodness

美德　Do you believe in the **goodness** of human nature?
妳相信人性本善嗎？

cook + er = cooker

廚具　Using a rice **cooker** is a simple way to cook rice.
用電鍋煮飯是很方便的。

cook + i⊖ = cookie

餅乾　I want more chocolate **cookies**.
我還要再來一點巧克力餅乾。

cook + ing = cooking

烹飪　I attend the popular **cooking** class with Elsa.
我和艾爾莎一起參加熱門的烹飪課程。

foot + ball = football

足球　He is on our **football** team. 他在我們的足球隊。

foot + path = footpath

鄉間小徑　May I ride a bicycle on the **footpath**?
我可以在小徑上騎腳踏車嗎？

foot + print = footprint

足跡　A baby's **footprint** is a precious thing to cherish.
寶寶的腳印是值得珍藏的重要物品。

book + case = bookcase

書架　Do you know how to clean the **bookcase**?
妳知道該怎麼清理書架嗎？

book + store = bookstore

書店　Thank you for visiting our online **bookstore**!
感謝您瀏覽我們的網路書店！

note + book = notebook

筆記本　Don't forget your **notebook**. 別忘了你的筆記本。

字母 **OW**
發音符號 **[aʊ]**

Rap記憶口訣

OWOW [aʊ aʊ aʊ]
狼叫聲ㄚㄨ～

發音規則

ou 跟 ow 會合唸成 [aʊ]

用故事記發音規則

有兩隻狼一隻叫做 w，一隻叫做 u，牠們一看到圓圓的月亮 (o)，就會『ㄚㄨㄚㄨ』地叫，所以 ow 和 ou 唸成 [aʊ]。

聽rap記單字

一邊聽 rap，一邊注意字母 ow 和 ou [aʊ] 的發音，就能很快把單字記住喔!

1 **how** 如何	字母 h，[hhh]，o.w，[aʊ aʊ]，h.o.w，[haʊ haʊ]，how
2 **loud** 響亮	字母 l，[lll]，o.u，[aʊ aʊ]，l.o.u，[laʊ laʊ]，loud
3 **cow** 乳牛	字母 c，[kkk]，o.w，[aʊ aʊ]，c.o.w，[kaʊ kaʊ]，cow
4 **sound** 發出聲音	字母 s，[sss]，o.u，[aʊ aʊ]，s.o.u，[saʊ saʊ]，sound

how 如何

however	[haʊˋɛvɚ]	然而
bow	[baʊ]	鞠躬
now	[naʊ]	現在

however

loud 響亮

cloud	[klaʊd]	雲
blouse	[blaʊz]	女性襯衫
flour	[flaʊr]	麵粉

cloud

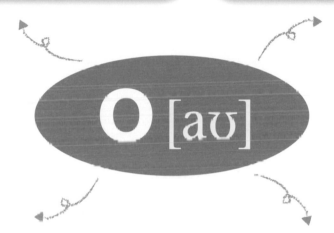

O [aʊ]

cow 乳牛

flower	[ˋflaʊɚ]	花
shower	[ˋʃaʊɚ]	陣雨
tower	[ˋtaʊɚ]	塔

flower

sound 發出聲音

sour	[ˋsaʊr]	酸的
south	[saʊθ]	南方
mouth	[maʊθ]	嘴巴

sour

043-4

how + ever = however

然而

He failed. **However**, he didn't give up.
他失敗了，然而並沒有放棄。

b + ow = bow

鞠躬

Take a **bow**. 鞠個躬。

n + ow = now

現在

Can you give it to me **now**? 可以現在就給我嗎？

c + loud = cloud

雲

She is observing the **clouds**. 她在觀察雲。

b + lou + se = blouse

女性襯衫

She is wearing a lace **blouse**. 她穿著一件蕾絲襯衫。

f + lou + r = flour

麵粉

The price of **flour** is increasing. 麵粉的價格正在上漲。

fl + ow + er = flower

花

Fiona is interested in **flower** arranging.
費歐娜對插花很有興趣。

sh + ow + er = shower

陣雨

There was a **shower** yesterday. 昨天下了一陣雨。

t + ow + er = tower

塔

I want to visit Effiel **Tower**! 我想去看艾菲爾鐵塔！

s + ou + r = sour

酸的

Auntie Vicky's **sour** cream spaghetti is delicious.
薇琪阿姨做的酸奶油義大利麵美味極了。

s + ou + th = south

南方

France is to the **south** of United Kingdom.
法國在英國的南方。

m + ou + th = mouth

嘴巴

"Open your **mouth**," said the dentist.
牙醫說：「嘴巴張開。」

Rap記憶口訣

救護車來了 [ɔɪ ɔɪ ɔɪ]

044-1

發音規則

oi 跟 oy 會合唸成 [ɔɪ]

用故事記發音規則

y 媽媽和 i 媽媽被石頭 (o) 打到了，救護車馬上『ㄛ一ㄛ一』地趕來了，所以 oy 和 oi 唸成 [ɔɪ]。

聽rap記單字

一邊聽 rap，一邊注意字母 oy 和 oi [ɔɪ] 的發音，就能很快把單字記住喔!

044-2

1

cowboy 牛仔

字母 b，[bbb]，o.y，[ɔɪ]，
b.o.y，[bɔɪ bɔɪ]，cowboy

2
point 指

字母 p，[ppp]，o.i，[ɔɪ ɔɪ]，
p.o.i，[pɔɪ pɔɪ]，point

3
coin 硬幣

字母 c，[kkk]，o.i，[ɔɪ ɔɪ]，
c.o.i，[kɔɪ kɔɪ]，coin

4

toy 玩具

字母 t，[ttt]，o.y，[ɔɪ ɔɪ]，
t.o.y，[tɔɪ tɔɪ]，toy

cowboy 牛仔

bellboy	[ˋbɛlˌbɔɪ]	旅館服務生
annoy	[əˋnɔɪ]	打擾
employ	[ɪmˋplɔɪ]	雇用

bellboy

point 指

poison	[ˋpɔɪzn̩]	毒藥
oil	[ɔɪl]	油
toilet	[ˋtɔɪlɪt]	馬桶

poison

O [ɔ]

044-3

coin 硬幣

join	[dʒɔɪn]	參加
choice	[tʃɔɪs]	選擇
voice	[vɔɪs]	聲音

join
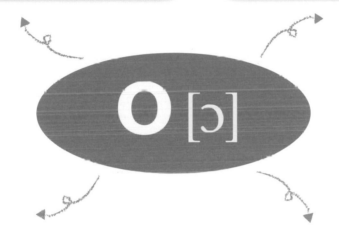

toy 玩具

soy	[sɔɪ]	大豆
joy	[dʒɔɪ]	高興
enjoy	[ɪnˋdʒɔɪ]	享受

soy

044-4

bell + **boy** = **bellboy**

旅館服務生

She is looking up the dictionary for the definition of **bellboy**.
她正在查字典對於旅館服務生的定義。

an + **noy** = **annoy**

打擾

You **annoyed** me. 你打擾到我了。

em + **ploy** = **employ**

雇用

The company **employs** hundreds of workers.
這家公司雇用了上百名員工。

poi + **son** = **poison**

毒藥

One person's meat is another person's **poison**.
某人的佳餚是別人的毒藥（各有所愛）。

oi + **l** = **oil**

油

Sunflower **oil** is good for health. 葵花油有益健康。

toi + **let** = **toilet**

馬桶

We have to buy a new **toilet**. 我們得買個新馬桶。

joi + **n** = **join**

参加 Why don't you **join** us? 妳怎麼不加入我們呢？

choi + **ce** = **choice**

選擇 You have a better **choice**. 你有更好的選擇。

voi + **ce** = **voice**

聲音 Annie talked about her boyfriend in a cheerful **voice**.
安妮很開心地談論了她的男友。

s + **oy** = **soy**

大豆 Can you send me the recipe of **soy** bean milk?
妳能把豆漿的作法寄給我嗎？

j + **oy** = **joy**

高興 Chocolate brings Paula **joy**. 巧克力為寶拉帶來歡樂。

en + **joy** = **enjoy**

享受 I **enjoy** reading novels very much.
我非常享受閱讀小說的樂趣。

m [m]

-ment [mənt]，字尾，表示「動作的執行、狀態及結果」之意	marry [`mærɪ] 結婚
advertise**ment** 廣告	**marr**ied 已婚的
environ**ment** 環境	**marr**iage 婚姻
govern**ment** 政府	re**marry** 再婚
mo**ment** 片刻	un**marr**ied 未婚的
move**ment** 動作	

n [n]

-ness [nɪs]，名詞字尾，表示「性質、狀態」之意	new [nju] 新的
busi**ness** 商業	**new**born 新生的
good**ness** 優點	**new**comer 新來的人
bad**ness** 缺點	**new**ly 最近
bitter**ness** 痛苦	**new**s 新聞
careful**ness** 關心	**new**sbreak 有新聞價值的事件
clear**ness** 明亮	**new**scast 新聞播報
cold**ness** 寒冷	**new**scaster 新聞播報員
dark**ness** 黑暗	**new**sletter 社團通訊
empti**ness** 空虛	**new**spaper 報紙
fair**ness** 公平	**new**sworthy 有新聞價值的
fine**ness** 精緻	re**new**able 可再生的
kind**ness** 仁慈	re**new**ed 更新的
rich**ness** 財富	re**new** 更新
sad**ness** 悲傷	
thick**ness** 厚度	
tired**ness** 疲勞	

ng [ŋ]

-ing [ɪŋ]，名詞字尾，表示「動作的結果、產物」	-ing [ɪŋ]，形容詞字尾，表示「活動、使人…的」
bowl 滾球 → bowling 保齡球 build 建造 → building 建築物 ceil 裝天花板 → ceiling 天花板 dine 用餐 → dining 用餐 find 找到 → finding 發現 meet 見面 → meeting 會議 wed 結婚 → wedding 婚禮	bore 使無聊 → boring 使人無聊的 excite 使興奮 → exciting 使人興奮的 freeze 冷凍 → freezing 冰凍的 shock 使震驚 → shocking 使人震驚的 surprise 使～驚喜 → surprising 使人驚喜的 tire 使～疲勞 → tiring 使人疲倦的 exhaust 使～疲勞 → exhausting 使人疲倦的

子o子 [ɑ]

mon- [mɑn]，字首，表示「警告、提醒」之意	mon- [mʌn]，字首，表示「獨一、單一」之意	mono- [mɑnə]，字首，表示「獨一、單一」之意
monitor 螢幕 monster 怪物 monstrous 像怪物的 monument 紀念碑	monarch 君主、帝王 monarchy 王國	monochrome 黑白相片 monocle 單眼鏡片 monograph 專論 monolingual 單語的 monolog 長篇大論 monophonic 單聲道的

oa [o]

broad [brod] 寬闊的	board [bord] 木板、寄宿
broadcast 廣播	**board**er 寄宿生
broadcaster 廣播員	**board**ing 寄宿
broaden 變寬	a**board** 在船上、在機上
broadminded 度量大的	bill**board** 廣告牌
a**broad** 在國外	bulletin **board** 佈告欄
	card**board** 厚紙板
	chess**board** 西洋棋盤
	chopping **board** 切菜板

oor [or]

door [dor] 門

back-**door** 走後門的
fire **door** 防火安全門
front **door** 前門
in**door** 室內
out**door** 室外

音節尾o [o]

mot- [mot]，字首，表示「運動」之意（t 常與後面的字母連成另一音節）

motion 運動、動作
motivate 激勵
motivation 激勵
motive 動機
motor 馬達

o子e [o]

fore [for] 在前面

forearm 前臂	**fore**front 最前部
forecast 預測	**fore**know 預知
forecourt 前院	**fore**land 海岬
foredoom 預先注定	**fore**see 先見
forefather 祖先	**fore**tell 預言
forefoot 動物的前足	

or [ɔr]

for- [fɔr]，字首，表示「分離、禁止、過度」之意	form [fɔrm] 形體、形狀
forbear 禁止、克制 **for**bearance 忍耐、容忍 **for**fend 迴避、防護 **for**feit 罰金 **for**ge 偽造	**form**at 格式化 **form**ula 公式 **form**ulate 公式化 con**form** 使一致 de**form** 使變形 per**form** 實行、完成 re**form** 改良、改善 trans**form** 變形

弱音節 o [ə]

for- [fə] 或 [fɚ]，字首，表示「分離、禁止、過度」之意	com- [kəm]，字首，有「一起、完全」之意
forbid 禁止 **for**get 忘記 **for**getful 健忘的 **for**give 原諒 **for**lorn 被遺棄的 **for**sake 放棄、拋棄	**com**bine 結合、聯合 **com**munication 溝通 **com**passion 同情 **com**pete 競爭 **com**patible 相容的 **com**parative 比較的 **com**petitor 競爭者 **com**plaint 抱怨

弱音節 o [ə]

-tion [ʃən]，名詞字尾，表示「行為、狀態、結果」之意

educate 教育 → education 教育
emote 表現感情 → emotion 感情
invite 邀請 → invitation 邀請函
operate 運作 → operation 手術
pollute 使汙染 → pollution 汙染
populate 居住 → population 人口
posit 安置、放置 → position 職位、職務
sect 派別、黨派 → section 一部分
state 情況、狀況 → station 車站
trade 貿易 → tradition 傳統
vacate 騰出、空出 → vacation 假期

oo [u]

room [rum] 房間	school [skul] 學校	food [fud] 食物
bathroom 浴室	elementary school 小學	food chain 食物鏈
bedroom 臥室	junior high school 初中	food poisoning 食物中毒
classroom 教室	senior high school 高中	food processor
dining room 自家餐廳	private school 私立學校	食物料理機
living room 客廳	public school 公立學校	foodstuff 食品
men's room 男廁	boarding school 寄宿學校	fast food 速食
women's room 女廁	schoolbook 教科書	health food 保健食品
restroom 洗手間	schoolhouse 校舍	junk food 垃圾食物
roomer 房客	schooling 學校教育	seafood 海鮮
rooming 出租公寓	schoolmate 同學	
roommate 室友	schoolroom 教室	
roomy 廣大的、寬敞的	schoolwork 課業	

oo [ʊ]

-hood [hʊd]，名詞字尾，表示「性質、狀態、集團」之意	book [bʊk] 書、預定	
child**hood** 童年	**book**able 可預訂的	**book**worm 蠹魚、書呆子
adult**hood** 成年期	**book**binder 裝訂商	bank**book** 銀行存摺
baby**hood** 幼兒期	**book**end 書靠	check**book** 支票本
bachelor**hood** 獨身時代	**book**ing 預定	cook**book** 食譜
brother**hood** 兄弟之誼	**book**keeping 簿記	guide**book** 旅遊指南
sister**hood** 姊妹之誼	**book**keeper 簿記員	hand**book** 手冊
parent**hood** 雙親立場	**book**let 小冊子	phone **book** 電話簿
false**hood** 謊言	**book**mark 書籤	pocket**book** 口袋書
likeli**hood** 可能性	**book**seller 書商	reference **book** 參考書
neighbor**hood** 鄰近地區	**book**shop 書店	story**book** 故事書
	bookstall 書報攤	work**book** 練習簿

ow [aʊ]

down [daʊn] 往下、在下方	power [paʊɚ] 力量
down payment 頭期款	**power**boat 汽艇
downcast 向下看的	**power**ful 有力量的
downer 鎮定劑	**power**less 無力的
downfall 垮臺	**power** line 電力線
downgrade 降職	**power** outage 停電
downhearted 意氣消沉的	**power** station 發電廠
downhill 下坡的	brain**power** 腦力
download 下載	em**power** 授權
downplay 貶低	fire**power** 火力
downpour 傾盆大雨	horse**power** 馬力（單位）
downright 徹底的	man**power** 人力
downsize 縮減尺寸	nuclear **power** 核動力
downstairs 樓下的	over**power** 制伏
downstream 下游的	purchasing **power** 購買力
down-to-earth 現實的、實際的	super**power** 超級強國
downtown 城市商業區	
downward 向下地	
downwind 在下風處	
count**down** 倒數計時	

ou [aʊ]

out [aʊt] 在外的

outbreak 爆發	**out**line 外形、輪廓
outclass 勝過	**out**look 前途、展望
outcry 喧鬧	**out**-of-print 絕版的
outdated 過時的	**out**patient 門診病人
outfield （棒球）外野	**out**put 輸出
outflow 溢出	**out**side 外面的
outgo 支出	**out**standing 傑出的
outing 郊遊、遠足	**out**weigh 比…更重要

oi [ɔɪ]

join [dʒɔɪn] 參加、連接

joint 關節
jointed 有接縫的
ad**join** 緊鄰
con**join** 聯合
en**join** 命令、囑咐
re**join** 重新接合

oy [ɔɪ]

joy [dʒɔɪ] 喜悅、歡樂

joy stick 操縱桿
joyful 令人喜悅的
joyless 不快樂的
en**joy** 享受
en**joy**able 快樂的、有樂趣的
en**joy**ment 令人愉快的事

學會自然發音

字母 **p**

發音符號 **[p]**

045-1

Rap記憶口訣

豌豆夾裂開
批哩批哩 [p p p]

發音規則

字母 p 通常都唸成 [p]

用故事記發音規則

p 小弟一早出門，就被對面的阿 p 婆『潑』了一桶水，p 小弟滿臉髒水『呸呸呸～』，所以 p 都唸成 [p]。

聽rap記單字

一邊聽 rap，一邊注意字母 p [p] 的發音，就能很快把單字記住喔!

045-2

1
pin 大頭針

字母 p，[ppp]，字母 i，[ɪɪɪ]，
p.i p.i，[pɪ pɪ]，pin

2
pen 筆

字母 p，[ppp]，字母 e，[ɛɛɛ]，
p.e p.e，[pɛ pɛ]，pen

3
puppet 布偶

字母 p，[ppp]，字母 u，[ʌʌʌ]，
p.u p.u，[pʌ pʌ]，puppet

4
backpack 背包

字母 p，[ppp]，字母 a，[ææ]，
p.a p.a，[pæ pæ]，backpack

pin 大頭針

pink	[pɪŋk]	粉紅色
pick	[pɪk]	挑選
picnic	[ˋpɪknɪk]	野餐

pink

pen 筆

pencil	[ˋpɛnsḷ]	鉛筆
pet	[pɛt]	寵物
pepper	[ˋpɛpɚ]	胡椒

pencil

p [p]

puppet 布偶

pump	[pʌmp]	抽水機
pumpkin	[ˋpʌmpkɪn]	南瓜
puzzle	[ˋpʌzḷ]	謎題

pump

backpack 背包

package	[ˋpækɪdʒ]	包裹
panda	[ˋpændə]	熊貓
pants	[pænts]	褲子

package

pin + **k** = **pink**

粉紅色　She looks beautiful in **pink** dress.
她穿粉紅色洋裝很好看。

pi + **ck** = **pick**

挑選　Emma **picked** a poetry collection. 艾瑪挑了一本詩集。

pic + **nic** = **picnic**

野餐　Let's go on a **picnic**! 我們去野餐吧！

pen + **cil** = **pencil**

鉛筆　He filled the form with a **pencil**. 他用鉛筆填那張表格。

pe + **t** = **pet**

寵物　Lucy has a **pet** cat. 露西養了一隻寵物貓。

pep + **per** = **pepper**

胡椒　I added some salt and **pepper** to the fried chicken.
我在炸雞上灑了一點胡椒鹽。

pum + **p** = **pump**

抽水機　There is a **pump** in the farm. 農場裡有個抽水機。

pum + **p** + **kin** = **pumpkin**

南瓜　**Pumpkin** pie is my favorite sweet dessert.
南瓜派是我最喜歡的甜點。

puz + **zle** = **puzzle**

謎題　It is a **puzzle** to me. 這對我來說是個謎。

pack + **age** = **package**

包裹　The **package** is yours. 包裹是你的。

pan + **da** = **panda**

熊貓　**Pandas** eat almost nothing but bamboo shoots and leaves.
熊貓除了竹筍和竹葉以外幾乎什麼都不吃。

pan + **ts** = **pants**

褲子　That shirt will match these **pants**.
那件襯衫配這件褲子會很好看。

字母 **ph**
發音符號 **[f]**

Rap記憶口訣

大象皮ㄈㄨ
很粗很粗 [f f f]

046-1

發音規則

ph 在一起時，唸成 [f]

用故事記發音規則

p 小弟和 h 小弟一起去『浮』潛，所以 ph 唸成 [f]。

聽rap記單字

一邊聽 rap，一邊注意字母 ph [f] 的發音，就能很快把單字記住喔!

046-2

nephew 姪子	p.h，[ff]，e.w，[ju ju]， p.h.e.w，[fju fju]，nephew
photo 照片	p.h，[ff]，字母 o，[oo]， p.h.o，[fo fo]，photo
elephant 大象	p.h，[ff]，字母 a，[əə]， p.h.a，[fə fə]，elephant
cell phone 手機	p.h，[ff]，字母 o，[oo]， p.h.o，[fo fo]，cell phone

nephew 姪子

physics	[`fɪzɪks]	物理學
physical	[`fɪzɪkl̩]	身體的
phrase	[frez]	片語

physics

photo 照片

photocopy	[`fotəˌkɑpɪ]	影印
photocopier	[`fotəˌkɑpɪə]	影印機
photographer	[fə`tɑgrəfə]	攝影師

photocopy

ph [f]

elephant 大象

al**ph**abet	[`ælfəˌbɛt]	字母表
em**ph**asis	[`ɛmfəsɪs]	重點
ty**ph**oon	[taɪ`fun]	颱風

al**ph**abet

cell phone 手機

tele**pho**ne	[`tɛləˌfon]	電話
micro**pho**ne	[`maɪkrəˌfon]	麥克風
inter**pho**ne	[`ɪntəˌfon]	對講機

tele**pho**ne

046-4

phys + ics = physics

物理學

Mr. Owen teaches **physics** in a university.
歐文先生在大學裡教物理。

phys + i + cal = physical

身體的

You need more **physical** exercise. 你需要多活動身體。

phra + se = phrase

片語

I have to remember these **phrases**. 我得記住這些片語。

pho + to + cop + y = photocopy

影印

Can you **photocopy** these documents for me?
妳能幫我影印這些文件嗎？

pho + to + cop + ier = photocopier

影印機

A **photocopier** is a machine that makes paper copies.
影印機是用來印文件的機器。

pho + tog + ra + pher = photographer

攝影師

George is a famous **photographer**. 喬治是知名攝影師。

al + pha + bet = alphabet

字母表 The English **alphabet** has 26 letters. 英文字母有26個。

 em + pha + sis = emphasis

重點 So, what is your **emphasis**? 所以，你的重點是什麼？

 ty + phoon = typhoon

颱風 There were twelve **typhoons** last year. 去年有12個颱風。

 tele + phone = telephone

電話 Doris, it's your **telephone** call. 桃樂絲，妳的電話。

 micro + phone = microphone

麥克風 The **microphone** is very expensive.
那支麥克風非常昂貴。

 inter + phone = interphone

對講機 Do you know how to use the **interphone** system?
妳知道要怎麼使用對講機系統嗎？

學會自然發音

字母 **qu**

發音符號 **[kw]**

Rap記憶口訣

擴胸擴胸 擴擴擴
[kw kw kw]

發音規則

qu 一起放字首時，唸成 [kw]

用故事記發音規則

q 小弟和 u 媽媽一起跳有氧舞蹈，每天都做『擴』胸運動，所以 qu 合在一起唸成 [kw]。

聽rap記單字

一邊聽 rap，一邊注意字母 qu [kw] 的發音，就能很快把單字記住喔!

047-2

1 **qualified** 有資格的	q.u，[kw kw kw]，字母 a，[ɑɑ]， q.u.a，[kwɑ kwɑ]，qualified
2 **question** 問題	q.u，[kw kw kw]，字母 e，[ɛɛ]， q.u.e，[kwɛ kwɛ]，question
3 **quite** 相當	q.u，[kw kw kw]，字母 i，[aɪ aɪ]， q.u.i，[kwaɪ kwaɪ]，quite
4 **quickly** 快速地	q.u，[kw kw kw]，字母 i，[ɪɪ]， q.u.i，[kwɪ kwɪ]，quickly

qualified 有資格的

qualification	[ˌkwɑləfəˋkeʃən]	資格認證
quality	[ˋkwɑlətɪ]	品質
quantity	[ˋkwɑntətɪ]	數量

qualification

question 問題

questionnaire	[ˌkwɛstʃənˋɛr]	問卷
re**que**st	[rɪˋkwɛst]	請求
con**que**st	[ˋkɑŋkwɛst]	征服

questionnaire

047-3

quite 相當

quiet	[ˋkwaɪət]	安靜
quietly	[ˋkwaɪətlɪ]	安靜地
en**qui**re	[ɪnˋkwaɪr]	詢問

quiet

quickly 快速地

quit	[kwɪt]	放棄
quilt	[kwɪlt]	棉被
quiz	[kwɪz]	測驗

quit

047-4

qual + i + fi + ca + tion = qualification

資格認證 　Do you have any **qualification**? 你有任何證照嗎？

qual + i + ty = quality

品質 　**Quality** matters more than quantity. 質比量更重要。

quan + ti + ty = quantity

數量 　There is a big **quantity** of water in the bottle.
瓶子裡有大量的水。

ques + tion + naire = questionnaire

問卷 　Can you fill out this **questionnaire**?
你能填一下這張問卷嗎？

re + quest = request

請求 　I **request** him to do me a favor. 我請他幫我一個忙。

con + quest = conquest

征服 　You can call it the history of **conquest**.
你可以說這是征服的歷史。

qui + et = quiet

安靜　Would you please be **quiet**? 能麻煩你安靜點嗎？

quiet + ly = quietly

安靜地　The cat is sleeping **quietly**. 貓咪靜靜地睡覺。

en + qui + re = enquire

詢問　I **enquired** about the flight departure time.
我詢問飛機起飛的時間。

qui + t = quit

放棄　Finally, he decided to **quit**. 終於，他選擇了放棄。

qui + lt = quilt

棉被　Is your **quilt** thick enough? 妳的棉被夠厚嗎？

quiz + z = quiz

測驗　Here is a multiple choice **quiz**. 這是複選題測驗。

學會自然發音

字母 **r**

發音符號 **[r]**

048-1

Rap記憶口訣

囉囉囉
學老狗叫 [r r r]

發音規則

字母 r 通常都唸成 [r]

用故事記發音規則

r 小弟愛吃滷『肉』飯，所以 r 唸成 [r]。

聽rap記單字

一邊聽 rap，一邊注意字母 r [r] 的發音，就能很快把單字記住喔！

048-2

1 **run** 跑	字母 r，[rrr]，字母 u，[ʌʌʌ]， r.u r.u，[rʌ rʌ]，run
2 **rob** 搶奪	字母 r，[rrr]，字母 o，[ɑɑɑ]， r.o r.o，[rɑ rɑ]，rob
3 **red** 紅色的	字母 r，[rrr]，字母 e，[ɛɛɛ]， r.e r.e，[rɛ rɛ]，red
4  **rose** 玫瑰花	字母 r，[rrr]，字母 o，[ooo]， r.o r.o，[ro ro]，rose

run 跑

rub	[rʌb]	擦
rubber	[ˋrʌbɚ]	橡皮擦
rush	[rʌʃ]	緊急行動

rub

rob 搶奪

rock	[rɑk]	岩石
problem	[ˋprɑbləm]	問題
promise	[ˋprɑmɪs]	承諾

rock

r [r]

red 紅色的

rest	[rɛst]	休息
restaurant	[ˋrɛstərənt]	餐廳
rent	[rɛnt]	租用

rest

rose 玫瑰花

role	[rol]	角色
rope	[rop]	繩子
robot	[ˋrobət]	機器人

role

048-4

擦

ru + b = rub

The cat **rubbed** its face against my palm.
那隻貓用臉擦我的手。

橡皮擦

rub + ber = rubber

Can you pass the **rubber** to me? 能把橡皮擦遞給我嗎？

緊急行動

ru + sh = rush

Don't **rush** to a conclusion. 不要急著下結論。

岩石

ro + ck = rock

We can see sharp **rocks** over there.
我們看到那裡有尖銳的岩石。

問題

prob + lem = problem

Do you have any **problem**? 有什麼問題嗎？

承諾

prom + ise = promise

Mom **promised** to take us out. 媽媽答應過要帶我們出去。

res + **t** = **rest**

休息   Let's take a **rest**. 休息一下吧。

res + tau + rant = restaurant

餐廳   How about dining at an Italian **restaurant**?
在義大利餐廳吃飯如何？

ren + **t** = **rent**

租用   I want to **rent a studio**. 我想租一間工作室。

ro + **le** = **role**

角色   She always plays the leading **role**. 她總是擔任主角。

ro + **pe** = **rope**

繩子   What do you want this **rope** for? 你要這條繩子做什麼？

ro + **bot** = **robot**

機器人   Harry collects all kinds of **robots**.
哈利收集各式各樣的機器人。

p [p]

pain [pen] 痛苦	post [post] 郵寄	prince [prɪns] 王子
painful 痛苦的	**post** office 郵局	**prince**ss 公主
painkiller 止痛劑	**post**age 郵資	**princi**pal 首領、首長
painless 不痛的	**post**al 郵政的	**princi**ple 原則、信條
painstaking 刻苦的	**post**-free 免郵資的	
	postman 郵差	
	postmark 郵戳	
	postpaid 已付郵資的	

p [p]

per- [pɝ]，字首， 表示「穿透、完全」之意	pro- [prə]，字首， 表示「向前、在前」之意
percept 直覺印象	**pro**fession 職業
percolate 滲透	**pro**fessional 專業的
percolator 過濾器	**pro**fessor 教授
perfect 完美的	**pro**mote 促進
perfervid 過於熱情的	**pro**motion 晉級
perforate 穿過、穿孔	**pro**nounce 發音
perfume 香水	**pro**nunciation 發音法
person 個人	**pro**tect 保護
personal 個人的	**pro**tection 保護
personality 個性	**pro**vide 提供
personnel 人事	**pro**vider 供應者

qu [kw]

quarter [kwɔrtɚ] 四分之一	quick [kwɪk] 快速的
quartered 四等份的	**quick**en 加速
quarterly 季度的	**quick**ness 快速
quarterfinal 四分之一決賽	**quick**sand 流沙
head**quarters** 總部	
three-**quarter** 四分之三的	

r [r]

rain [ren] 雨	re- [rɪ]，字首，表示「再、回、反」之意	
rainbow 彩虹	**re**act 反應	**re**move 去除
raincoat 雨衣	**re**bel 謀反	**re**peat 重複
raindrop 雨滴	**re**call 回憶	**re**place 取代
rainfall 降雨量	**re**ceive 收到	**re**sign 辭職
rain forest 雨林	**re**flect 反射	**re**spect 尊敬
rainless 少雨的	**re**fresh 提神	**re**sponsible 負責的
rainproof 防雨的	**re**fuse 拒絕	**re**sult 結果
rainstorm 暴風雨	**re**gret 後悔	**re**tire 退休
rainwater 雨水	**re**member 記住	**re**view 再檢查
rainy 多雨的	**re**mind 提醒	**re**vise 複習

學會自然發音

字母 **S**

發音符號 **[s]**

Rap記憶口訣

蛇爬行 嘶嘶嘶 [s s s]

發音規則

字母 s 大部分唸成無聲的 [s]

用故事記發音規則

s 小弟常常吃榨菜肉『絲』麵，所以 s 唸成 [s]。

聽rap記單字

一邊聽 rap，一邊注意字母 s [s] 的發音，就能很快把單字記住喔！

1
sister 姊妹

字母 s，[sss]，字母 i，[III]，
s.i s.i，[SI SI]，sister

2
seek 尋找

字母 s，[sss]，e.e，[ii]，
s.e.e s.e.e，[si si]，seek

3
sale 拍賣

字母 s，[sss]，字母 a，[eee]，
s.a s.a，[se se]，sale

4
sofa 沙發

字母 s，[sss]，字母 o，[ooo]，
s.o s.o，[so so]，sofa

sister 姊妹

sick	[sɪk]	生病的
sink	[sɪŋk]	下沉
sit	[sɪt]	坐

sick

seek 尋找

see	[si]	看
seed	[sid]	種子
seesaw	[`si͵sɔ]	蹺蹺板

see

S [s]

049-3

sale 拍賣

salesman	[`selzmən]	推銷員
safe	[sef]	安全的
same	[sem]	一樣的

salesman

sofa 沙發

so	[so]	如此
soda	[`sodə]	蘇打水
soldier	[`soldʒɚ]	士兵

so so

049-4

si + **ck** = **sick**

生病的   The **sick** girl looks pale. 那個生病的女孩看起來好蒼白。

sin + **k** = **sink**

下沉   The ship is **sinking**. 船正在下沉。

si + **t** = **sit**

坐   **Sit** down, please. 請坐。

s + **ee** = **see**

看   Do you **see** the squirrel? 有看到那隻松鼠嗎？

see + **d** = **seed**

種子   Sunflower **seeds** are regarded as a health-promoting snack.
葵花籽被視為有益健康的零食。

see + **saw** = **seesaw**

蹺蹺板   There are kids playing on the **seesaw**.
有小孩子在玩蹺蹺板。

sal**e**s + man = salesman

推銷員 A **salesman** is persuading Lindsay into buying a new refrigerator. 推銷員正在說服琳賽買下新的冰箱。

sa + f**e** = safe

安全的 The city is not **safe**. 這城市並不安全。

sa + m**e** = same

一樣的 Susan and I have the **same** shoes. 我和蘇珊有一樣的鞋子。

s + o = so

如此 I don't think **so**. 我並不如此認為。

so + da = soda

蘇打水 I want ice cream **soda**. 我要冰淇淋蘇打。

sol + dier = soldier

士兵 He is a **soldier**. 他是士兵。

050-1

Rap記憶口訣

咀嚼的咀，用喉嚨發音 [３３３]

我在咀嚼

發音規則

有時 -sion、-sual、-sure 的組合，字母 s 會唸成 [ʒ]

用故事記發音規則

s 小弟有時候會吃「橘」子，所以子音 s 有時候會唸成 [ʒ]。

聽rap記單字

一邊聽 rap，一邊注意字母 s [ʒ] 的發音，就能很快把單字記住喔!

050-2

1 unusual 不常的	字母 s，[ʒʒʒ]，字母 u，[ʊʊʊ]， s.u s.u，[ʒʊ ʒʊ ʒʊ]，unusual	
2 explosion 爆炸	s.i s.i，[ʒʒʒ]，o.n o.n，[ən ən ən]， s.i.o.n，[ʒən ʒən ʒən]，explosion	
3 television 電視	s.i s.i，[ʒʒʒ]，o.n o.n，[ən ən ən]， s.i.o.n，[ʒən ʒən ʒən]，television	
4 measure 測量	字母 s，[ʒʒʒ]，u.r.e [ɚɚɚ]， s.u.r.e，[ʒɚ ʒɚ ʒɚ]，measure	

unusual 不常的

usual	[`juʒʊəl]	經常的
usually	[`juʒʊəlɪ]	經常地
casual	[`kæʒʊəl]	非正式的

usual

explosion 爆炸

division	[də`vɪʒən]	部門
version	[`vɝʒən]	版本
vision	[`vɪʒən]	視力

division

S [ʒ]

050-3

television 電視

collision	[kə`lɪʒən]	相撞
confusion	[kən`fjuʒən]	混亂
decision	[dɪ`sɪʒən]	決策

collision

measure 測量

pleasure	[`plɛʒɚ]	消遣
displeasure	[dɪs`plɛʒɚ]	不滿
treasure	[`trɛʒɚ]	寶藏

pleasure

225

u + sual = usual

經常的　Shelley lit the lamp as **usual**. 雪莉一如往常地打開燈。

u + sual + ly = usually

經常地　Mom **usually** listens to the music while reading.
媽媽經常邊看書邊聽音樂。

ca + sual = casual

非正式的　I prefer **casual** wear. 我比較喜歡非正式的衣著。

di + vi + sion = division

部門　This is products **division**. 這是產品部門。

ver + sion = version

版本　I bought the second **version** of the book.
我買了那本書的第二版。

vi + sion = vision

視力　Do you know how to improve your **vision**?
你知道要怎麼改善視力嗎？

col + **li** + **sion** = **collision**

相撞

The **collision** between these two cars was caused by rain.
這兩台車因天雨路滑而相撞。

con + **fu** + **sion** = **confusion**

混亂

The living room is in a state of **confusion**.
客廳一片混亂。

de + **ci** + **sion** = **decision**

決策

It was a sudden **decision**. 這是個倉卒的決策。

plea + **sure** = **pleasure**

消遣

I draw paintings for **pleasure**. 我作畫聊以自娛。

dis + **plea** + **sure** = **displeasure**

不滿

The **displeasure** of management causes the workers to
go on strike. 對管理的不滿使得員工們罷工抗議。

trea + **sure** = **treasure**

寶藏

The pirates hid their **treasure** in a secret island.
海盜們把他們的寶藏藏在一個祕密的島嶼。

字母 **S**

發音符號 **[z]**

兩隻 dogs 扮鬼臉 [z z z]

051-1

發音規則

複數名詞及三單（第三人稱單數），s 接在母音和有聲子音之後，唸成有聲的 [z]

用故事記發音規則

s 小弟遇到前面有媽媽或是其它聲音比較大的小孩子，就會一起變大聲 [zzz]。所以 s 唸成 [z]。

聽rap記單字

一邊聽 rap，一邊注意字母 s [z] 的發音，就能很快把單字記住喔！

051-2

1
3+2=?
adds 附加（三單）
字母 d，[ddd]，字母 s，[zzz]，
d.s d.s，[dz dz dz]，adds

2
mirrors 鏡子（複數）
o.r o.r，[ɚ ɚ ɚ]，字母 s，[zzz]，
o.r.s o.r.s，[ɚz ɚz]，mirrors

3
pictures 照片（複數）
t.u.r.e，[tʃɚ tʃɚ tʃɚ]，字母 s，[zzz]，
t.u.r.e.s，[tʃɚz tʃɚz]，pictures

4

rooms 房間（複數）
字母 m，[mmm]，字母 s，[zzz]，
m.s m.s，[mz mz mz]，rooms

adds 附加（三單）

builds	[bɪldz]	建造（三單）
finds	[faɪndz]	尋找（三單）
holds	[holdz]	握住（三單）

builds

mirrors 鏡子（複數）

actors	[ˋæktɚz]	男演員們
errors	[ˋɛrɚz]	錯誤（複數）
scissors	[ˋsɪzɚz]	剪刀（永為複數）

actors

S [z]

051-3

pictures 照片（複數）

cultures	[ˋkʌltʃɚz]	文明（複數）
futures	[ˋfjutʃɚz]	期貨
temperatures	[ˋtɛmprətʃɚz]	溫度（複數）

cultures

rooms 房間（複數）

albums	[ˋælbəmz]	相簿（複數）
gyms	[dʒɪmz]	健身房（複數）
museums	[mjuˋzɪəmz]	博物館（複數）

albums

051-4

buil + **ds** = **builds**

建造 (三單) A bird **builds** its nest. 鳥兒築巢。

fin + **ds** = **finds**

尋找 (三單) Jason **finds** his paper from the drawer.
傑生在抽屜裡找到他的報告。

hol + **ds** = **holds**

握住 (三單) The baby **holds** my finger. 小寶寶握住我的手指。

act + **ors** = **actors**

男演員們 They are all handsome **actors**. 他們都是英俊的男演員。

er + **rors** = **errors**

錯誤 (複數) There are several **errors** in your report.
妳的報告中有幾處錯誤。

scis + **sors** = **scissors**

剪刀 (永為複數) Be careful when you use **scissors**. 使用剪刀時要小心。

cul + tures = cultures

文明（複數）

There are many ancient **cultures** in Asia.
亞洲有許多的古文明。

fu + tures = futures

期貨

He understands **futures** market very well.
他對期貨市場相當了解。

temp⊕ + ratures = temperatures

溫度（複數）

I want to know the warmest and coldest **temperatures**.
我想知道最高溫和最低溫各是多少。

al + bums = albums

相簿（複數）

Ziggy has five **albums**. 麗琪有五本相簿。

gy + ms = gyms

健身房（複數）

There are twenty-five **gyms** in the city.
市內有25家健身房。

mu + seums = museums

博物館（複數）

I have visited forty **museums**. 我參觀過 40 間博物館。

231

字母 **sh**
發音符號 [ʃ]

學會自然發音

Rap記憶口訣

請安靜 噓 [ʃʃʃ]

052-1

發音規則

sh 唸成無聲的 [ʃ]

用故事記發音規則

s 小弟和 h 小弟感冒了，喉嚨痛沒有聲音，很『虛』弱，所以 sh 唸成無聲的 [ʃ]。

聽rap記單字

一邊聽 rap，一邊注意字母 sh [ʃ] 的發音，就能很快把單字記住喔!

052-2

1 **selfish** 自私的	字母 i，[ɪɪɪ]，s.h，[ʃʃʃʃ]，i.s.h，[ɪʃ ɪʃ]，selfish
2 **shopkeeper** 店員	s.h，[ʃʃʃʃ]，字母 o，[ɑɑɑ]，s.h.o，[ʃɑ ʃɑ]，shopkeeper
3 **trash** 垃圾	字母 a，[æææ]，s.h，[ʃʃʃʃ]，a.s.h，[æʃ æʃ]，trash
4 **shame** 羞恥	s.h，[ʃʃʃʃ]，字母 a，[eee]，s.h.a，[ʃe ʃe]，shame

selfish 自私的

fisherman	[ˈfɪʃə-mən]	漁夫
English	[ˈɪŋglɪʃ]	英文
foolish	[ˈfulɪʃ]	愚笨的

fisherman

shopkeeper 店員

shop	[ʃɑp]	商店
shock	[ʃɑk]	使震驚
shot	[ʃɑt]	射擊

shop

052-3

sh [ʃ]

trash 垃圾

cash	[kæʃ]	現金
slash	[slæʃ]	斜線
flashlight	[ˈflæʃˌlaɪt]	手電筒

cash

shame 羞恥

shake	[ʃek]	顫抖
shape	[ʃep]	外形
shade	[ʃed]	蔭涼處

shake

233

052-4

fish + er + man = fisherman

漁夫　The **fisherman** lives near the sea. 那漁夫就住在海邊。

Eng + lish = English

英文　Louisa speaks **English** fluently.
露伊莎的英文說得很流利。

fool + ish = foolish

愚笨的　He is a **foolish** person. 他是個愚蠢的人。

sho + p = shop

商店　She went to a deli **shop** and bought cheese and ham.
她到熟食店買了起司和火腿。

sho + ck = shock

使震驚　Raymond is **shocked** by the news.
雷蒙對這個消息感到震驚。

sho + t = shot

射擊　You will only have time for one **shot**.
你將只有射擊一發的時間。

234

c + ash = cash

現金　I have no **cash** on me. 我身上沒現金。

s + lash = slash

斜線　You have to use a **slash** here. 你得在這裡用斜線。

f + lash + light = flashlight

手電筒　You can find a **flashlight** in his room.
你可以在他房間找到手電筒。

sha + ke = shake

顫抖　She **shakes** with terror. 她因恐懼而顫抖。

sha + pe = shape

外形　The bread is in the **shape** of a basketball.
這麵包的外形像籃球。

sha + de = shade

蔭涼處　Let's sit in the **shade** of the trees. 我們去坐在樹蔭下吧。

235

字母 t
發音符號 [t]

053-1

Rap記憶口訣

特別的特 [t t t]

真特別！

發音規則

字母 t 通常唸成無聲的 [t]

用故事記發音規則

t 小弟中了『特』獎，高興得說不出話來，所以 t 唸成無聲的 [t]。

聽rap記單字

一邊聽 rap，一邊注意字母 t [t] 的發音，就能很快把單字記住喔!

053-2

1 **truck** 卡車	t.r t.r，[tr tr tr]，字母 u，[ʌʌ]，t.r.u，[trʌ trʌ]，truck	
2 **tomato** 蕃茄	字母 t，[ttt]，字母 o，[əə]，t.o t.o，[tə tə]，tomato	
3 **tangerine** 橘子	字母 t，[ttt]，字母 a，[ææ]，t.a t.a，[tæ tæ]，tangerine	
4 **temple** 寺廟	字母 t，[ttt]，字母 e，[ɛɛ]，t.e t.e，[tɛ tɛ]，temple	

truck 卡車

trumpet	[`trʌmpɪt]	喇叭
trust	[trʌst]	信任
trunk	[trʌŋk]	樹幹

trumpet

tomato 蕃茄

today	[tə`de]	今天
tonight	[tə`naɪt]	今晚
tomorrow	[tə`mɔro]	明天

today

053-3

t [t]

tangerine 橘子

tank	[tæŋk]	坦克
talent	[`tælənt]	才幹
taxi	[`tæksɪ]	計程車

tank

temple 寺廟

tell	[tɛl]	告訴
tennis	[`tɛnɪs]	網球
tent	[tɛnt]	帳篷

tell

053-4

trum + **pet** = **trumpet**

喇叭

Mr. Doolittle can play the **trumpet**.
杜立德先生會吹喇叭。

trus + **t** = **trust**

信任

Trust me, you can do it. 相信我，你辦得到。

trun + **k** = **trunk**

樹幹

The **trunk** of the tree is very thick. 這棵樹的樹幹相當粗。

to + **day** = **today**

今天

I have three meetings **today**. 我今天有三個會要開。

to + **night** = **tonight**

今晚

I want to see a movie **tonight**. 我今晚想去看電影。

to + **mor** + **row** = **tomorrow**

明天

See you **tomorrow**. 明天見。

238

tan + **k** = **tank**

坦克　The army has **tanks**. 部隊配有坦克車。

tal + **ent** = **talent**

才幹　He has a **talent** for drama. 他有演戲的才能。

ta + **xi** = **taxi**

計程車　I called a **taxi**. 我招了一輛計程車。

tel + **l** = **tell**

告訴　Please **tell** me the truth. 請告訴我實情。

ten + **nis** = **tennis**

網球　Anna is a famous **tennis** player. 安娜是知名網球選手。

ten + **t** = **tent**

帳篷　Let's put up our **tent**. 我們來搭帳篷。

學會自然發音 字母 **th** 發音符號 **[θ]**

Rap記憶口訣

兩排牙齒輕咬舌頭 [θθθ]

發音規則

th 有時唸成咬舌無聲的 [θ]

用故事記發音規則

t 小弟和 h 小弟比賽繞口令，t 小弟咬到舌頭，h 小弟唸不出來，所以 th 唸成咬舌無聲的 [θ]。

聽rap記單字

一邊聽 rap，一邊注意字母 th [θ] 的發音，就能很快把單字記住喔!

1 **think** 思考	t.h，[θθθ]，字母 i，[ɪɪɪ]， t.h.i，[θɪ θɪ]，think
2 **something** 某物	t.h，[θθθ]，i.n.g，[ɪŋ ɪŋ ɪŋ]， t.h.i.n.g，[θɪŋ θɪŋ]，something
3 **thirteenth** 第十三	t.e.e.n，[tin tin tin]，t.h，[θθθ]， t.e.e.n.t.h，[tinθ tinθ]，thirteenth
4  **Thanksgiving** 感恩節	t.h，[θθθ]，字母 a，[æææ]， t.h.a，[θæ θæ]，Thanksgiving

think 思考

thin	[θɪn]	纖細的
thing	[θɪŋ]	東西
thick	[θɪk]	厚的

thin

something 某物

anything	[ˋɛnɪˏθɪŋ]	任何事
everything	[ˋɛvrɪˏθɪŋ]	每件事
nothing	[ˋnʌθɪŋ]	沒事

anything

054-3

th [θ]

thirteenth 第十三

fourteenth	[ˋforˋtinθ]	第十四
fifteenth	[ˋfɪfˋtinθ]	第十五
sixteenth	[ˋsɪksˋtinθ]	第十六

fourteenth

Thanksgiving 感恩節

thanks	[θæŋks]	謝謝
thank	[θæŋk]	道謝
thankful	[ˋθæŋkfəl]	感謝的

thanks

054-4

thi + **n** = **thin**

纖細的　She looks **thin**. 她看起來很纖細。

thi + **ng** = **thing**

東西　How do you call that **thing**? 你怎麼稱呼那樣東西？

thi + **ck** = **thick**

厚的　I want tuna cheese **thick** toast. 我要鮪魚起司厚片吐司。

an + **y** + **thing** = **anything**

任何事　Is there **anything** wrong? 有任何問題嗎？

eve + **ry** + **thing** = **everything**

每件事　**Everything** is okay. 每件事都很妥當。

no + **thing** = **nothing**

沒事　I have **nothing** to say. 我沒什麼要說的。

four + teenth = fourteenth

第十四　My birthday is on April **fourteenth**.
我的生日是四月十四日。

fif + teenth = fifteenth

第十五　This is Cathy's **fifteenth** birthday. 這是凱西的十五歲生日。

six + teenth = sixteenth

第十六　This is my **sixteenth** time to buy her a gift.
這是我第十六次買禮物給她。

than + ks = thanks

謝謝　**Thanks**, buddy. 謝了，老兄。

tha + nk = thank

道謝　I want to **thank** you for your attendance.
我想感謝妳的出席。

thank + ful = thankful

感謝的　I am **thankful** for her teaching. 我感謝她的教導。

學會自然發音

字母 **th**

發音符號 [ð]

Rap記憶口訣

兩排牙齒　輕輕咬舌頭
[ð ð ð]

發音規則

th 有時唸成咬舌有聲的 [ð]

用故事記發音規則

t 小弟和 h 小弟比賽繞口令，t 小弟咬到舌頭，h 小弟唸出聲音來，所以 th 唸成咬舌有聲的 [ð]。

聽rap記單字

一邊聽 rap，一邊注意字母 th [ð] 的發音，就能很快把單字記住喔!

1 **their** 他們的	t.h t.h，[ððð]，字母 e，[εεε]， t.h.e，[ðε ðε ðε]，their
2 **brother** 兄弟	t.h t.h，[ððð]，e.r e.r，[ɚ ɚ ɚ]， t.h.e.r，[ðɚ ðɚ ðɚ]，brother
3 **bathe** 洗澡	t.h t.h，[ððð]，字母 e，不發音， t.h.e，[ððð]，bathe
4 **together** 一起地	t.h t.h，[ððð]，e.r e.r，[ɚ ɚ ɚ]， t.h.e.r，[ðɚ ðɚ ðɚ]，together

244

their 他們的

then	[ðɛn]	然後
there	[ðɛr]	那裡
therefore	[ˋðɛrˏfor]	因此

then

brother 兄弟

bother	[ˋbɑðɚ]	打擾
another	[əˋnʌðɚ]	另外的
weather	[ˋwɛðɚ]	天氣

bother

055-3

th [ð]

bathe 洗澡

sunbathe	[ˋsʌnˏbeð]	做日光浴
breathe	[brið]	呼吸
swathe	[sweð]	繃帶

sunbathe

together 一起地

altogether	[ˏɔltəˋgɛðɚ]	總計
gather	[ˋgæðɚ]	聚集
gathering	[ˋgæðərɪŋ]	集會*

altogether

*因後面還有音節，故[ɚ]拆成[ə][r]發音。

245

055-4

the + **n** = **then**

然後

I brushed my teeth and **then** ate breakfast.
我刷完牙，然後吃早餐。

the + **re** = **there**

那裡

He is over **there**. 他在那裡。

there + **fore** = **therefore**

因此

She is sick, and **therefore** can't come.
她生病了，因此無法前來。

bo + **ther** = **bother**

打擾

Don't **bother** him. 別打擾他。

a + **nother** = **another**

另外的   I have **another** opinion. 我有其他的看法。

wea + **ther** = **weather**

天氣   How is the **weather** today? 今天天氣如何？

246

sun + bathe = sunbathe

做日光浴

There are girls **sunbathing** on the beach.
女孩們在海灘上做日光浴。

brea + the = breathe

呼吸

The poor little cat is still **breathing**.
這可憐的小貓還在呼吸。

swa + the = swathe

繃帶

You have to bind him with a **swathe**.
你得用繃帶幫他包紮。

al + to + ge + ther = altogether

總計

Elaine bought five bottles of milk **altogether**.
伊蓮總共買了五瓶牛奶。

ga + ther = gather

聚集

Lauren **gathers** many people for a party.
蘿倫聚集了許多人辦派對。

ga + ther + ing = gathering

集會

The **gathering** of managers will be held next week.
經理的集會將在下週舉行。

字母

發音符號

056-1

U小妹拿雨傘
umbrella [ʌ ʌ ʌ]

發音規則

字母 u 在重音節，唸 [ʌ]

用故事記發音規則

u 媽媽唸經:[ʌ] 彌陀佛。
所以母音 u 唸成重音的 [ʌ]

聽rap記單字

一邊聽 rap，一邊注意字母 u [ʌ] 的發音，就能很快把單字記住喔!

056-2

1  **hundred** 百	字母 h，[hhh]，字母 u，[ʌʌʌ]，h.u h.u，[hʌ hʌ hʌ]，hundred	
2 **bug** 小蟲	字母 b，[bbb]，字母 u，[ʌʌʌ]，b.u b.u，[bʌ bʌ bʌ]，bug	
3 **unclean** 不乾淨的	字母 u，[ʌʌʌ]，字母 n，[nnn]，u.n u.n，[ʌn ʌn ʌn]，unclean	
4 **cup** 杯子	字母 c，[kkk]，字母 u，[ʌʌʌ]，c.u c.u，[kʌ kʌ kʌ]，cup	

hundred 百

hungry	[ˋhʌŋgrɪ]	飢餓的
hunter	[ˋhʌntɚ]	獵人
humble	[ˋhʌmbl̩]	謙虛的

hungry

bug 小蟲

bun	[bʌn]	圓髮髻
bus	[bʌs]	巴士
but	[bʌt]	但是

bun

056-3

U [ʌ]

unclean 不乾淨的

under	[ˋʌndɚ]	下面的
underpass	[ˋʌndɚˌpæs]	地下道
unhappy	[ʌnˋhæpɪ]	不高興的

under →

cup 杯子

cut	[kʌt]	切割
custom	[ˋkʌstəm]	習俗
discuss	[dɪˋskʌs]	討論

cut

056-4

hun + **gry** = **hungry**

飢餓的

The **hungry** person asked for a sandwich.
那個飢餓的人要了一個三明治。

hun + **ter** = **hunter**

獵人

Robin is a brave **hunter**. 羅賓是個勇敢的獵人。

hum + **ble** = **humble**

謙虛的

The famous professor is very **humble**.
那位知名的教授為人非常謙虛。

bu + **n** = **bun**

圓髮髻

Auntie Lisa wore her hair in a **bun**.
麗莎阿姨把頭髮挽成圓髻。

bu + **s** = **bus**

巴士

I left my bag on the **bus**. 我把包包留在巴士上了。

bu + **t** = **but**

但是

I know her, **but** I don't like her. 我認識她，但不喜歡她。

un + der = under

下面的　They are playing **under** a tree. 他們在樹下玩耍。

 un + der + pas~~s~~ = underpass

地下道　The government built a new **underpass**.
政府建了新的地下道。

 un + hap + ~~p~~y = unhappy

不高興的　Gillian looks **unhappy**. 姬蓮看起來很不高興。

 cu + t = cut

切割　Vivian **cut** her finger. 薇薇安割傷了手指。

 cus + tom = custom

習俗　The celebration of the Chinese New Year is a **custom**.
慶祝農曆新年是一種習俗。

 dis + cus~~s~~ = discuss

討論　We have **discussed** this topic. 我們討論過這個主題。

學會自然發音

字母 **u**

發音符號 **[ju]**

Rap記憶口訣

U小妹的名字叫做U

[ju]

發音規則

ue，u + 子音 + e，或是 u 在音節的開頭、結尾，u 可能唸成長音的 [ju]

我的名字是長音的 [ju]

用故事記發音規則

u 媽媽和 e 媽媽中間擠了一群孩子，e 媽媽不出聲，u 媽媽則拉長音大叫：「You! You! 別擠啦!」所以「u + 子音 + e」的字母 u 唸成長音的 [ju]。

聽rap記單字

一邊聽 rap，一邊注意字母 u [ju] 的發音，就能很快把單字記住喔!

1  **unicorn** 獨角獸	字母 u，[ju ju ju]，n.i n.i，[nɪ nɪ nɪ]，u.n.i，[junɪ junɪ]，unicorn
2  **continue** 繼續	字母 n，[nnn]，u.e u.e，[ju ju ju]，n.u.e，[nju nju]，continue
3  **accuse** 指責	字母 c，[kkk]，字母 u，[ju ju ju]，c.u c.u，[kju kju]，accuse
4 **human** 人類	字母 h，[hhh]，字母 u，[ju ju ju]，h.u h.u，[hju hju]，human

252

human 人類

humid	[`hjumɪd]	濕熱的
humor	[`hjumɚ]	幽默
humorous	[`hjumərəs]	有幽默感的

humid

continue 繼續

due	[dju]	到期的
val**ue**	[`vælju]	價值
Tuesday	[`tjuzde]	星期二

due

U [ju]

057-3

accuse 指責

ex**cu**se	[ɪk`skjuz]	辯解
cure	[kjur]	治療
se**cu**re	[sɪ`kjur]	安全的

ex**cu**se

unicorn 獨角獸

unit	[`junɪt]	單位
universe	[`junɪˌvɝs]	宇宙
university	[ˌjunɪ`vɝsətɪ]	大學

unit 60S = 1M

057-4

hu + mid = humid

濕熱的　The **humid** climate is annoying. 這潮濕的天氣很煩人。

hu + mor = humor

幽默　He wants to know how to improve his sense of **humor**. 他想知道如何培養幽默感。

hu + mo + rous = humorous

有幽默感的　Teddy is **humorous**. 泰迪很有幽默感。

d + ue = due

到期的　The bill comes **due**. 支票到期。

val + ue = value

價值　The **value** of the NT dollar falls. 台幣貶值。

Tues + day = Tuesday

星期二　I have French classes on **Tuesdays**. 我星期二固定上法文課。

ex + cuse = excuse

辯解　Liz **excuses** for her absence. 莉茲為自己的缺席辯解。

cu + re = cure

治療　The doctor **cured** me of cold. 醫生治療了我的感冒症狀。

se + cure = secure

安全的　Don't worry, you are **secure**. 別擔心，你是安全的。

60S=1M　u + nit = unit

單位　The minute is a **unit** of time. 分鐘是計時單位。

u + ni + verse = universe

宇宙　I am curious about the history of the **universe**.
我對宇宙的歷史很好奇。

u + ni + ver + si + ty = university

大學　This **university** is composed of seven colleges.
這所大學由七個學院組成。

字母 **ur**

發音符號 **[ɝ]**

Rap記憶口訣

URUR [ɝ ɝ ɝ]
nurse nurse [ɝ ɝ ɝ]

ur = [ɝ]

發音規則

ur 在一起時，唸成 [ɝ]

用故事記發音規則

u 媽媽和 r 小妹老是拖拖拉拉，每次都說：「待會兒 [ɝ]，待會兒 [ɝ]」

聽rap記單字

一邊聽 rap，一邊注意字母 ur [ɝ] 的發音，就能很快把單字記住喔!

1 **turkey** 火雞	字母 t，[ttt]，u.r u.r，[ɝ ɝ ɝ]，t.u.r，[tɝ tɝ tɝ]，turkey
2 **burn** 燒	字母 b，[bbb]，u.r u.r，[ɝ ɝ ɝ]，b.u.r，[bɝ bɝ bɝ]，burn
3 **purple** 紫色的	字母 p，[ppp]，u.r u.r，[ɝ ɝ ɝ]，p.u.r，[pɝ pɝ pɝ]，purple
4 **curtain** 窗簾	字母 c，[kkk]，u.r u.r，[ɝ ɝ ɝ]，c.u.r，[kɝ kɝ kɝ]，curtain

256

turkey 火雞

turtle	[ˋtɝtl̩]	烏龜
turn	[tɝn]	轉
return	[rɪˋtɝn]	返回

turtle

burn 燒

burger	[ˋbɝgɚ]	漢堡
burst	[bɝst]	爆炸
burden	[ˋbɝdn̩]	重擔

burger

ur [ɝ]

purple 紫色的

purse	[pɝs]	女用皮包
purpose	[ˋpɝpəs]	目的
purchase	[ˋpɝtʃəs]	購買

purse

curtain 窗簾

current	[ˋkɝənt]	當前的
currency	[ˋkɝənsɪ]	貨幣
curve	[kɝv]	曲線

current

058-4

tur + tle = turtle

烏龜　A **turtle** is racing with a rabbit. 烏龜和兔子正在賽跑。

tur + n = turn

轉　He **turned** his head. 他轉過頭。

re + turn = return

返回　When will you **return** home? 你哪時候會回家？

bur + ger = burger

漢堡　Do you like beef **burger** and fries?
你喜歡牛肉漢堡配薯條嗎？

bur + st = burst

爆炸　The balloon **burst**. 氣球爆炸了。

bur + den = burden

重擔　It's really a heavy **burden**. 這真是個重擔。

pur + **se** = **purse**

女用皮包 Mrs. Smith put the wallet in her **purse**.
史密斯太太把皮夾放進皮包裡了。

pur + **pose** = **purpose**

目的 What is the **purpose** of this meeting?
這次會議的目的是什麼？

pur + **chase** = **purchase**

購買 Tiffany **purchased** a new diamond ring.
蒂芬妮買了一枚新鑽戒。

cur + **rent** = **current**

當前的 Do you have the **current** time? 你知道現在的時間嗎？

cur + **ren** + **cy** = **currency**

貨幣 Do you know which the strongest **currency** in the world is? 你知道世界上最強勢的貨幣是什麼嗎？

cur + **ve** = **curve**

曲線 Draw a **curve**, Tracy. 翠西，畫一條曲線。

s [s]

se- [sɛ]，字首，表示「分離」之意	serve [sɝv] 服務	some [sʌm] 一些
second 第二	**server** 伺服器	**some**times 有時候
secondary 第二的	**serv**ice 服務	**some**time 某次、將有一次
secondhand 二手的	**serv**iette 餐巾	**some**day 將有一天
secretary 祕書	**serv**ile 屈從的	**some**how 以某種方法
section 分段	**serv**ant 僕人	**some**what 有點
sector 扇形		
sell 賣出		
send 送出		
sense 感覺		
sentence 句子		
several 幾個、數個		

sh [ʃ]

-ship [ʃɪp]，名詞字尾，表示「狀態、特質、身分」之意	show [ʃo] 展示	short [ʃɔrt] 短的
champion**ship** 錦標賽	**show**case 展示櫃	**shorts** 短褲
citizen**ship** 公民身分	**show**piece 展示品	**short**age 短少、不足
fellow**ship** 交情	**show**room 陳列室	**short**coming 缺點
hard**ship** 艱困	**show**time 表演時間	**short**en 使減少
leader**ship** 領導職位	trade **show** 貿易展	**short**hand 速記
member**ship** 會員資格		**short**ly 簡短地
owner**ship** 所有權		**short**sighted 近視的
partner**ship** 合夥公司		**short**-term 短期的
relation**ship** 關係		

t [t]

-ent [ənt]，形容詞字尾，有「在…狀態的、有…性質的」之意	-ent [ənt]，名詞字尾，有「做…動作的人或物」之意	-ate [et]，字尾，有「成為、與…相關」之意
absent 缺席的	agent 代理商	appreciate 感謝
ancient 古代的	correspondent 通信者	associate 聯合、結合
confident 自信的	parent 雙親之一	candidate 候選人
convenient 方便的	president 董事長	celebrate 慶祝
diligent 勤勉的	resident 居民	considerate 體諒的
excellent 傑出的	respondent 回答者	date 日期
intelligent 聰明的	student 學生	determinate 確定的
patient 容忍的		fortunate 幸運的
present 在場的		passionate 熱情的
silent 寧靜的		private 私人的

th [θ]

-th [θ]，名詞字尾，表示「性質、狀態」之意	
cloth 布料	length 長度
death 死亡	math 數學
dearth 缺乏	north 北方
depth 深度	strength 力量
earth 地球	truth 真實
filth 汙穢	warmth 溫暖
health 健康	width 寬度

th [θ]

-th [θ]，字尾，表示「序數」之意

four 四 → four**th** 第四	seventeen 十七 → seventeen**th** 第十七
five 五 → fif**th** 第五	eighteen 十八 → eighteen**th** 第十八
six 六 → six**th** 第六	nineteen 十九 → nineteen**th** 第十九
seven 七 → seven**th** 第七	twenty 二十 → twentie**th** 第二十
eight 八 → eigh**th** 第八	thirty 三十 → thirtie**th** 第三十
nine 九 → nin**th** 第九	forty 四十 → fortie**th** 第四十
ten 十 → ten**th** 第十	fifty 五十 → fiftie**th** 第五十
eleven 十一 → eleven**th** 第十一	sixty 六十 → sixtie**th** 第六十
twelve 十二 → twelf**th** 第十二	seventy 七十 → seventie**th** 第七十
thirteen 十三 → thirteen**th** 第十三	eighty 八十 → eightie**th** 第八十
fourteen 十四 → fourteen**th** 第十四	ninety 九十 → ninetie**th** 第九十
fifteen 十五 → fifteen**th** 第十五	hundred 一百 → hundred**th** 第一百
sixteen 十六 → sixteen**th** 第十六	

u重音節 [ʌ]

under [ʌdɚ] 在⋯之下	up [ʌp] 向上
underage 在法定年齡之下	**up**date 更新資訊
undercharge 索價過低	**up**end 倒立
undercover 祕密進行的	**up**grade 提高⋯等級
undergo 忍受、經歷	**up**hold 支持
underline 底線	**up**on 在⋯之上
underpass 地下道	**up**per 較高的
understand 了解	**up**right 直立的
underwear 內衣	**up**set 心煩的

u子e [ju]

use [jus]（名詞）使用 use [juz]（動詞）使用	-sume [sjum]，字尾， 表示「拿、使用」之意
used 用過的 **use**d to 過去經常 **use**ful 有用的 **use**fully 有用地 **use**fulness 有用 **use**less 無用的 **use**lessly 無用地 **use**lessness 無用 **use**r 使用者	as**sume** 認為 con**sume** 消耗 pre**sume** 假定 re**sume** 重新開始 sub**sume** 包含

u開頭 [ju]

uni- [junɪ]，字首，表示 「單一、統一」之意	uni- [juni]，字首，表示 「單一、統一」之意
unicycle 單輪車 **uni**fy 統一 **uni**sex 不分性別的 **uni**son 一致、調和	**uni**on 同盟、工會 **uni**onist 工會會員 **uni**onize 組織工會 **uni**que 獨一無二的

ur [ɚ] [ɝ]

sur- [sɚ]，字首，表示 「過、超過、之上」之意	sur- [sɝ]，字首，表示 「過、超過、之上」之意
surmise 臆測 **sur**mount 克服、征服 **sur**prise 意外之事 **sur**prised 驚喜的 **sur**vey 統計調查 **sur**vive 倖存 **sur**vivor 生還者	**sur**f 衝浪 **sur**face 表面 **sur**fboard 衝浪板 **sur**geon 外科醫生 **sur**gery 外科手術 **sur**name 姓 **sur**plus 過剩的 **sur**tax 附加稅

學會自然發音

字母 **V**

發音符號 **[v]**

Rap記憶口訣

吸血鬼 vampire
[V V V]

發音規則

字母 v 通常唸成 [v]

用故事記發音規則

v 小妹總是在拍照的時候，做出勝利的手勢 (v)，所以 v 總是唸成 [v]。

聽rap記單字

一邊聽 rap，一邊注意字母 v [v] 的發音，就能很快把單字記住喔!

059-2

1 **vendor** 小販	字母 v，[vvv]，字母 e，[εεε]，v.e v.e，[vε vε vε]，vendor	
2 **deliver** 運送	字母 v，[vvv]，e.r e.r，[ɚ ɚ ɚ]，v.e.r v.e.r，[vɚ vɚ vɚ]，deliver	
3 **vinegar** 醋	字母 v，[vvv]，字母 i，[ɪɪɪ]，v.i v.i，[vɪ vɪ vɪ]，vinegar	
4 **van** 箱型車	字母 v，[vvv]，字母 a，[æææ]，v.a v.a，[væ væ væ]，van	

vendor 小販

vegetable	[ˋvɛdʒətəbl̩]	蔬菜
very	[ˋvɛrɪ]	非常地
vest	[vɛst]	背心

vegetable

deliver 運送

ri**ver**	[ˋrɪvɚ]	河流
o**ver**	[ˋovɚ]	越過
sil**ver**	[ˋsɪlvɚ]	銀

ri**ver**

059-3

V [v]

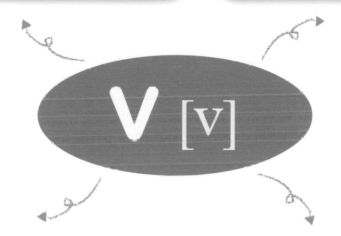

vinegar 醋

victory	[ˋvɪktərɪ]	勝利
video	[ˋvɪdɪͺo]	錄影帶
village	[ˋvɪlɪdʒ]	村莊

victory

van 箱型車

Valentine	[ˋvæləntaɪn]	情人節
valley	[ˋvælɪ]	山谷
valuable	[ˋvæljuəbl̩]	有價值的

Valentine

059-4

veg⊜ + **table** = **vegetable**

蔬菜　Kids don't like **vegetables**. 小孩子不喜歡蔬菜。

ver + **y** = **very**

非常地　Nicole is **very** beautiful. 妮可非常美麗。

ves + **t** = **vest**

背心　Henry is wearing a blue **vest**. 亨利穿著一件藍色背心。

ri + **ver** = **river**

河流　I enjoy beautiful **river** scenery. 我欣賞美麗的河景。

o + **ver** = **over**

越過　The plane flies **over** the sea. 飛機飛越海洋。

sil + **ver** = **silver**

銀　Celia has a **silver** necklace. 席莉亞有條銀項鍊。

vic + tor + y = victory

勝利　Our team had a **victory**. 我們隊伍勝利了。

vid + e + o = video

錄影帶　Elisa uses **videos** to learn English.
伊麗莎利用錄影帶學英文。

vil + lage = village

村莊　They live in a **village**. 他們住在村莊裡。

Val + en + tine = Valentine

情人節　Happy **Valentine's** Day! 情人節快樂！

val + ley = valley

山谷　We went to Napa **Valley** last weekend.
我們上個週末去了那帕谷。

val + u + able = valuable

有價值的　Jason bought his girlfriend a **valuable** ruby ring.
傑生買了貴重的紅寶石戒指給女朋友。

267

學會自然發音

字母 **W**

發音符號 **[w]**

Rap記憶口訣

我我我…口吃的烏鴉
[W W W]

060-1

發音規則

字母 w 通常唸成 [w]

用故事記發音規則

w 小弟提起勇氣跟喜歡的女生告白:「w…w…我好喜歡妳喔～」,所以 w 唸 [w]。

聽rap記單字

一邊聽 rap,一邊注意字母 w [w] 的發音,就能很快把單字記住喔!

060-2

1 **waiter** 服務生	字母 w,[www],a.i a.i,[eee],w.a.i,[we we we],waiter
2 **work** 工作	字母 w,[www],o.r o.r,[ɝ ɝ ɝ],w.o.r,[wɝ wɝ wɝ],work
3 **sweep** 清掃	字母 w,[www],e.e e.e,[iii],w.e.e,[wi wi wi],sweep
4 **window** 窗戶	字母 w,[www],字母 i,[ɪɪɪ],w.i,[wɪ wɪ wɪ],window

waiter 服務生

wait	[wet]	等待
waitress	[`wetrɪs]	女服務生
waist	[west]	腰部

wait

work 工作

worker	[`wɝkɚ]	工人
word	[wɝd]	文字
world	[wɝld]	世界

worker

W [w]

060-3

sweep 清掃

sweet	[swit]	甜的
between	[bɪ`twin]	之間
Halloween	[ˌhɑlə`win]	萬聖節

sweet

window 窗戶

wind	[wɪnd]	風
win	[wɪn]	得勝
wing	[wɪŋ]	翅膀

wind

060-4

wai + **t** = **wait**

等待　　Please **wait** here. 請在此等候。

wai + **tress** = **waitress**

女服務生　A **waitress'** job is serving clients.
女服務生的職責就是替顧客服務。

wai + **st** = **waist**

腰部　Mom tied an apron around her **waist**.
媽媽把圍裙繫在腰間。

wor + **ker** = **worker**

工人　He is a factory **worker**. 他是個工廠工人。

word **wor** + **d** = **word**

文字　You misspelled / misspelt this **word**. 你拼錯這個字。

wor + **ld** = **world**

世界　We are living in a **world** of possibilities.
我們活在充滿可能性的世界。

s + weet = sweet

甜的　　I prefer bitter chocolate to **sweet** one.
比起甜巧克力，我比較喜歡苦巧克力。

be + tween = between

之間　　This is a secret **between** you and me.
這是你我之間的祕密。

Hal + lo + ween = Halloween

萬聖節　We are preparing for **Halloween** party.
我們正在為萬聖節派對做準備。

win + d = wind

風　　Let the cold **wind** blow. 就讓冷風吹吧。

wi + n = win

得勝　　Don't **win** the battle but lose the war.
別贏了戰役卻輸掉戰爭。

wi + ng = wing

翅膀　The falcon is spreading its **wings**.
那隻獵鷹正在舒展雙翅。

271

學會自然發音

字母 **wh**
發音符號 [hw]

Rap記憶口訣

說什麼話 話話話
[hw hw hw]

發音規則

wh 在一起時，唸成 [hw]

用故事記發音規則

w 小弟和情敵 h 小弟打架，老師看見了就把他們拉開，說：「有『話』好好說啊～」，所以 wh 唸 [hw]。

聽rap記單字

一邊聽 rap，一邊注意字母 wh [hw] 的發音，就能很快把單字記住喔!

1 **where** 哪裡	w.h，[hw hw hw]，字母 e，[εε]，w.h.e，[hwε hwε]，where
2 **when** 何時	w.h，[hw hw hw]，字母 e，[εε]，w.h.e，[hwε hwε]，when
3 **white** 白色	w.h，[hw hw hw]，字母 i，[aɪ aɪ]，w.h.i，[hwaɪ hwaɪ]，white
4 **whale** 鯨魚	w.h，[hw hw hw]，字母 a，[ee]，w.h.a，[hwe hwe]， whale

where 哪裡

anywhere	[ˋɛnɪˌhwɛr]	任何地方
everywhere	[ˋɛvrɪˌhwɛr]	到處
somewhere	[ˋsʌmˌhwɛr]	某處

anywhere

when 何時

whenever	[hwɛnˋɛvɚ]	無論何時
wherever	[hwɛrˋɛvɚ]	無論何處
whether	[ˋhwɛðɚ]	是否

whenever

wh [hw]

061-3

white 白色

whiten	[ˋhwaɪtn̩]	變白
while	[hwaɪl]	一段時間
whine	[hwaɪn]	發牢騷

whiten

whale 鯨魚

what	[hwɑt]	什麼
who	[hwu]	誰
why	[hwaɪ]	為什麼

what

273

061-4

any + where = anywhere

任何地方

Did you go **anywhere** this morning?
你早上有到任何地方去嗎？

every + where = everywhere

到處

The kid follows his mother **everywhere** she goes.
那孩子跟著他媽媽到處走。

some + where = somewhere

某處

Let's go out **somewhere**. 我們去哪裡玩玩吧。

when + ever = whenever

無論何時

We can go out **whenever** you want to.
只要你想，我們隨時都可以出門。

wher + ever = wherever

無論何處

You can go **wherever** you like. 你愛去哪裡就去哪裡。

wheth + er = whether

是否

I don't know **whether** you like carrots.
我不知道你是否喜歡紅蘿蔔。

whi + ten = whiten

變白   Bill is trying to **whiten** his dirty shirt.
比爾正試圖把髒襯衫刷白。

 whi + le = while

一段時間   He will be back in a **while**. 他一下子就會回來了。

 whi + ne = whine

發牢騷   Don't **whine** about trifles. 別為了小事發牢騷。

 wha + t = what

什麼   **What** arc you talking about? 你在說什麼？

wh + o = who

誰   **Who** is knocking the door? 誰在敲門？

wh + y = why

為什麼   **Why** are you so sad? 你為什麼這麼傷心？

Rap記憶口訣

沒有水喝
渴死渴死 [ks ks ks]

X = [ks]

發音規則

字母 x 在字尾時，唸成 [ks]

用故事記發音規則

x 小弟躲在冰箱後面偷喝『可』爾必『思』，所以 x 在單字的後面唸 [ks]。

聽rap記單字

一邊聽 rap，一邊注意字母 x [ks] 的發音，就能很快把單字記住喔!

1 **fax** 傳真機	字母 a，[æææ]，字母 x，[ks ks]，a.x a.x，[æks æks]，fax
2 **fix** 固定	字母 i，[ɪɪɪ]，字母 x，[ks ks]，i.x i.x，[ɪks ɪks]，fix
3 **next** 緊鄰的	字母 e，[ɛɛɛ]，字母 x，[ks ks]，e.x e.x，[ɛks ɛks]，next
4 **box** 箱子	字母 o，[ɑɑɑ]，字母 x，[ks ks]，o.x o.x，[ɑks ɑks]，box

fax 傳真機

ax	[æks]	長柄斧
tax	[tæks]	稅金
rel**ax**	[rɪˋlæks]	放鬆

ax

fix 固定

mix	[mɪks]	混合
six	[sɪks]	六
si**x**ty	[ˋsɪkstɪ]	六十

mix

QR

062-3

X [ks]

next 緊鄰的

te**x**t	[tɛkst]	文本
conte**x**t	[ˋkɑntɛkst]	內容
te**x**tbook	[ˋtɛkstˏbʊk]	教科書

te**x**t

box 箱子

ox	[ɑks]	公牛
f**ox**	[fɑks]	狐狸
mail**box**	[ˋmelˏbɑks]	信箱

ox

PAGE

062-4

a + x = ax

長柄斧　He is holding an **ax**. 他拿著一把長柄斧。

t + ax = tax

稅金　Every citizen must pay **taxes**. 每個公民都必須納稅。

re + lax = relax

放鬆　Just **relax** your body. 放鬆你的身體。

m + ix = mix

混合　Jessica **mixed** tomato, cheese, and basil to make a salad.
潔西卡把番茄、起司和羅勒拌成沙拉。

6 s + ix = six

六　Gina gave me **six** cakes. 吉娜給我六個蛋糕。

60 six + ty = sixty

六十　Albert is **sixty** years old. 艾伯特今年六十歲。

tex + t = text

文本　I am searching for the full **text**. 我正在搜尋全文。

con + text = context

內容　You can get an idea from its **context**.
你可以從上下文略知端倪。

text + book = textbook

教科書　I am reading an English **textbook**.
我在讀一本英文教科書。

o + x = ox

公牛　Can you tell the difference between an **ox** and a cow?
你能分辨公牛和母牛有什麼不同嗎？

f + ox = fox

狐狸　The dog looks like a **fox**. 那隻狗看起來很像狐狸。

mail + box = mailbox

信箱　I go to my **mailbox** every morning.
我每天早上都去信箱收信。

v [v]

over [ovɚ] 超過、在…之上	-ive [ɪv]，字尾，表示「有…性質、有…傾向」之意
overact 誇張、誇大	act**ive** 活動的
overall 全面的	addict**ive** 上癮的
overcharge 索價過高	addit**ive** 附加的
overcoat 大衣、外套	adject**ive** 形容詞
overcome 戰勝 / 克服	aggress**ive** 積極的
overcrowd 過度擁擠	capt**ive** 被俘虜的
overdraw 透支	collect**ive** 集體的
overdress 過度裝飾	communicat**ive** 交際的
overdue 過期未付	competit**ive** 競爭的
overflow 溢出	decorat**ive** 裝飾的
overhead 在頭上	deduct**ive** 推論的 / 演譯的
overheat 使過熱	defect**ive** 有缺陷的
overload 超載	defens**ive** 防禦的
overlook 漏看	educat**ive** 教育的
overnight 過夜的	effect**ive** 有效的
overpass 天橋	explos**ive** 爆炸物、炸藥
overseas 在海外	impress**ive** 令人印象深刻的
oversee 管理、監督	nat**ive** 天生的
oversleep 睡過頭	negat**ive** 負面的
overtake 追過	object**ive** 客觀的
overtime 加班	pass**ive** 被動的
over-weight 超重	posit**ive** 正面的
overwhelm 壓倒、勝過	relat**ive** 有關係的、親戚
overwork 工作過度	subject**ive** 主觀的

w [w]

-ward [wəd]，字尾，表示「向…的」之意	water [`wɔtə] 水	with [wɪθ] 與、帶有…、跟…反對、
afterward 後來	waterfall 瀑布	without 缺、沒有
awkward 笨拙的	watermelon 西瓜	withdraw 領出、提款
backward 向後的	watercolor 水彩	withhold 抑制
eastward 向東的	watermark 浮水印	within 在…之內
homeward 向家的	waterpower 水力	withstand 反對、抗拒
inward 向內的	waterproof 防水的	forthwith 立刻
onward 向前的	watery 水的	herewith 附呈、隨函
outward 向外的	freshwater 淡水的	
upward 向上的	underwater 水面下的	
windward 迎風的		

x [ks]

ex- [ɪks]，字首，表示「出、外邊、超過」之意

except 除了…之外
exit 出口
expect 預計
expensive 昂貴的
experience 經驗
explain 解釋
express 表達

Rap記憶口訣
老爺爺的爺 [j j j]

發音規則

字母 y 在音節的開頭，唸成 [j]

用故事記發音規則

y 小妹跑到老『爺爺』前面，所以 y 在字首的時候唸成 [j]。

聽rap記單字

一邊聽 rap，一邊注意字母 y [j] 的發音，就能很快把單字記住喔!

1	**youth** 青年	字母 y，[jjj]，o.u o.u，[uuu]，y.o.u y.o.u，[ju ju ju]，youth
2	**yo-yo** 溜溜球	字母 y，[jjj]，字母 o，[ooo]，y.o y.o，[jo jo jo]，yo-yo
3	**yellow** 黃色	字母 y，[jjj]，字母 e，[εεε]，y.e y.e，[jε jε jε]，yellow
4	**yacht** 遊艇	字母 y，[jjj]，字母 a，[ɑɑɑ]，y.a y.a，[jɑ jɑ jɑ]，yacht

youth 青年

you	[ju]	你
your	[jur]	你的
yours	[jurz]	你的東西

you

yo-yo 溜溜球

yo	[jo]	唷！
yogurt	[ˋjogɚt]	優酪乳
yoga	[ˋjogə]	瑜伽

yo

y [j]

yellow 黃色

yell	[jɛl]	吼叫
yet	[jɛt]	尚未
yes	[jɛs]	是的

yell

yacht 遊艇

yard	[jɑrd]	庭院
yarn	[jɑrn]	紗線
yahoo	[ˋjɑhu]	野蠻人

yard

063-3

063-4

y + **ou** = **you**

你　　How are **you**? 你好嗎？

you + **r** = **your**

你的　　This is **your** book. 這是你的書。

you + **rs** = **yours**

你的東西　　The book is **yours**. 書是你的。

y + **o** = **yo**

唷！　　**Yo**! Angela! 唷！安琪拉！

yo + **gurt** = **yogurt**

優酪乳　　**Yogurt** is a fermented milk product.
優酪乳是經過發酵的乳製品。

yo + **ga** = **yoga**

瑜伽　　I have to buy a **yoga** mat. 我得去買個瑜伽墊。

yel + l = yell

吼叫　Don't **yell** to me. 別對我大吼大叫。

ye + t = yet

尚未　I haven't done my homework **yet**. 我功課還沒做完。

ye + s = yes

是的　**Yes**, you are right. 是的，你是對的。

yar + d = yard

庭院　The apple trees arc in the **yard**. 蘋果樹在庭院裡。

yar + n = yarn

紗線　Mom knits handkerchiefs from **yarn**.
媽媽用紗線織手帕。

ya + hoo = yahoo

野蠻人　He is definitely a **yahoo**. 他真是個野蠻人。

學會自然發音

字母 **y**

發音符號 **[aɪ]**

Rap記憶口訣

鳥會飛 很不賴
fly fly fly [aɪ aɪ aɪ]

y = [aɪ]

發音規則

y 在重音節字尾時，唸成 [aɪ]

用故事記發音規則

y 小妹吊車尾考最後一名，真失『敗』，所以 y 在字尾唸 [aɪ]。

聽rap記單字

一邊聽 rap，一邊注意字母 y [aɪ] 的發音，就能很快把單字記住喔!

1 **guy** 小伙子	字母 u，不發音，字母 y，[aɪ aɪ aɪ]， u.y u.y，[aɪ aɪ aɪ]，guy
2 **recycle** 回收	字母 c，[sss]，字母 y，[aɪ aɪ aɪ]， c.y c.y，[saɪ saɪ saɪ]，recycle
3 **dryer** 烘乾機	字母 r，[rrr]，字母 y，[aɪ aɪ aɪ]， r.y r.y，[raɪ raɪ raɪ]，dryer
4 **July** 七月	字母 l，[lll]，字母 y，[aɪ aɪ aɪ]， l.y l.y，[laɪ laɪ laɪ]，July

guy 小伙子

buy	[baɪ]	買
buyer	[ˋbaɪɚ]	買家
by	[baɪ]	藉由

buy

recycle 回收

shy	[ʃaɪ]	害羞
sky	[skaɪ]	天空
style	[staɪl]	款式

shy

064-3

y [aɪ]

dryer 烘乾機

dry	[draɪ]	烘乾
cry	[kraɪ]	哭泣
try	[traɪ]	嘗試

dry

July 七月

apply	[əˋplaɪ]	申請
imply	[ɪmˋplaɪ]	暗示
rely	[rɪˋlaɪ]	依賴

apply

064-4

b u + y = buy

買

Mom, can you **buy** me a doll?
媽媽，可以買洋娃娃給我嗎？

b u y + er = buyer

買家

He is a generous **buyer**. 他是個很慷慨的買家。

b + y = by

藉由

I go to school **by** train. 我搭火車上學。

sh + y = shy

害羞

Don't be **shy**! 別害羞！

sk + y = sky

天空

A bird is flying in the **sky**. 鳥兒在天空飛。

sty + le = style

款式

The **style** of this skirt is very nice.
這件裙子的款式很不錯。

d + **ry** = **dry**

烘乾 **Dry** your hair right now. 馬上把頭髮吹乾。

c + **ry** = **cry**

哭泣 The baby is **crying**. 小寶寶在哭泣。

t + **ry** = **try**

嘗試 Do you decide to **try** again? 你決定要再試一次嗎？

ap + **ply** = **apply**

申請 I've **applied** for the job. 我申請了這個職位。

im + **ply** = **imply**

暗示 Her silence **implies** anger. 她的沉默暗示著憤怒。

re + **ly** = **rely**

依賴 You should not **rely** on your parents. 你不該依賴父母。

065-1

Rap記憶口訣

快樂的小狗名叫黑皮
[I I I]

HAPPY!
回家了！

發音規則

字母 y 在弱音節時，
唸成 [I]

用故事記發音規則

y 小妹有一隻 puppy 叫做
Happy，所以 y 有時會唸成
[I]。

聽rap記單字

一邊聽 rap，一邊注意字母 y [I] 的發音，
就能很快把單字記住喔！

065-2

1

pretty 美麗的

字母 t，[ttt]，字母 y，[III]，
t.y t.y，[tɪ tɪ tɪ]，pretty

2

lady 女士

字母 d，[ddd]，字母 y，[III]，
d.y d.y，[dɪ dɪ dɪ]，lady

3

lovely 可愛的

字母 l，[lll]，字母 y，[III]，
l.y l.y，[lɪ lɪ lɪ]，lovely

4

puppy 小狗

字母 p，[ppp]，字母 y，[III]，
p.y p.y，[pɪ pɪ pɪ]，puppy

pretty 美麗的

empty	[ˈɛmptɪ]	空的
honesty	[ˈɑnɪstɪ]	誠實
naughty	[ˈnɔtɪ]	頑皮的

empty

lady 女士

body	[ˈbɑdɪ]	身體
cloudy	[ˈklaʊdɪ]	多雲的
greedy	[ˈgridɪ]	貪婪的

body

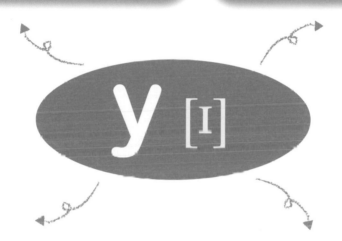

y [ɪ]

065-3

lovely 可愛的

friendly	[ˈfrɛndlɪ]	友善的
lonely	[ˈlonlɪ]	寂寞的
silly	[ˈsɪlɪ]	愚笨的

friendly

puppy 小狗

happy	[ˈhæpɪ]	快樂的
sleepy	[ˈslipɪ]	想睡的
copy	[ˈkɑpɪ]	拷貝

happy

emp + **ty** = **empty**

空的　I found the bag **empty**. 我發現袋子是空的。

hones + **ty** = **honesty**

誠實　Ernest's **honesty** is undoubted.
恩斯特的誠實是不容懷疑的。

naugh + **ty** = **naughty**

頑皮的　Tom is a **naughty** boy. 湯姆是個頑皮的男孩。

bo + **dy** = **body**

身體　Shake you **body**, guys! 大家，搖動你的身體吧！

clou + **dy** = **cloudy**

多雲的　The sky is **cloudy**. 天空很多雲。

gree + **dy** = **greedy**

貪婪的　Helen, don't be so **greedy**. 海倫，別這麼貪心。

friend + ly = friendly

友善的　Alva is very **friendly**. 艾娃非常友善。

lone + ly = lonely

寂寞的　The widow feels **lonely**. 那寡婦感到寂寞。

sil + ly = silly

愚笨的　Don't be **silly**, boy! 小子，別傻了！

hap + py = happy

快樂的　She is **happy** to wear a new dress. 穿新洋裝讓她很高興。

slee + py = sleepy

想睡的　Dear, you look **sleepy**. 親愛的，你看起來很想睡覺。

co + py = copy

拷貝　I need a **copy** of the paper. 我需要一份報告的拷貝。

y [ɪ]

-ly [lɪ]，副詞字尾，表示「⋯地」之意	-ary [ɛrɪ]，字尾，表示「與⋯有關、有⋯性質」之意
actual 實際的 → actually 實際上	February 二月
early 早的 → early 早地	imaginary 假想的
especial 特別的 → especially 特別地	necessary 必須的
final 最後的 → finally 終於	ordinary 平常的
near 近的 → nearly 幾乎	vocabulary 字彙
one 一 → only 僅僅、只有	
real 真的 → really 真實地	

y [ɪ]

-y [ɪ]，形容詞字尾， 表示「傾向、具有⋯性質的」	-y [ɪ]，名詞字尾，表示「性質、 狀態、情況、行動結果」之意
angry 生氣的	century 世紀
chubby 豐滿的	chemistry 化學
easy 容易的	company 公司
every 每一個的	country 國家
funny 有趣的	diary 日記
healthy 健康的	enemy 敵人
heavy 重的	envy 羨慕、嫉妒
lucky 幸運的	geography 地理
many 許多的	history 歷史
noisy 吵鬧的	honey 蜂蜜
ready 準備好的	hurry 倉促
skinny 極瘦的	scenery 景色
sneaky 偷偷摸摸的	stationery 文具
snowy 多雪的	story 故事
sorry 抱歉的	strawberry 草莓
sunny 晴朗的	
windy 多風的	
yummy 美味的	

學會自然發音

字母 **Z**

發音符號 **[z]**

066-1

Rap記憶口訣

斑馬和蚊子叫聲一樣
[ZZZ]

發音規則

字母 z 通常都唸成 [z]

用故事記發音規則

z 小弟一天到晚打瞌睡(z)，所以 z 唸成 [z]。

聽rap記單字

一邊聽 rap，一邊注意字母 z [z] 的發音，就能很快把單字記住喔!

066-2

1 **crazy** 瘋狂的	字母 z，[zzz]，字母 y，[ɪɪɪ]， z.y z.y，[zɪ zɪ zɪ]，crazy
2 **zebra** 斑馬	字母 z，[zzz]，字母 e，[iii]， z.e z.e，[zi zi zi]，zebra
3 **size** 尺寸	字母 i，[aɪ aɪ aɪ]，字母 z，[zzz]， i.z i.z，[aɪz aɪz aɪz]，size
4 **freezer** 冷凍庫	e.e e.e，[iii]，字母 z，[zzz]， e.e.z e.e.z，[iz iz iz]，freezer

296

crazy 瘋狂的

dizzy	[ˈdɪzɪ]	頭暈的
cozy	[ˈkozɪ]	舒適的
lazy	[ˈlezɪ]	懶惰的

dizzy

zebra 斑馬

zero	[ˈzɪro]	零
zoo	[zu]	動物園
zipper	[ˈzɪpɚ]	拉鍊

zero

066-3

Z [z]

size 尺寸

emphasize	[ˈɛmfəˌsaɪz]	強調
apologize	[əˈpɑləˌdʒaɪz]	道歉
realize	[ˈrɪəˌlaɪz]	發覺

emphasize

freezer 冷凍庫

breeze	[briz]	微風
sneeze	[sniz]	打噴嚏
squeeze	[skwiz]	擠壓

breeze

diz + **zy** = **dizzy**

頭暈的　I feel **dizzy**. 我覺得頭暈。

co + **zy** = **cozy**

舒適的　Do you feel **cozy**? 你覺得舒適嗎？

la + **zy** = **lazy**

懶惰的　Teachers don't like **lazy** students.
老師不喜歡懶惰的學生。

ze + **ro** = **zero**

零　There are three **zeros** in 2000. 在2000中有三個零。

z + **oo** = **zoo**

動物園　Peter and Peggy went to the **zoo** this morning.
彼得和佩姬今天早上去了動物園。

zip + **per** = **zipper**

拉鍊　I want a simple bag with a **zipper**.
我想要一個簡單、有拉鍊的袋子。

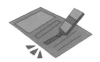

em + pha + size = **emphasize**

強調　He **emphasizes** the importance of being on time.
他強調準時的重要性。

a + pol + o + gize = **apologize**

道歉　I **apologize** for the error. 我爲我的失誤道歉。

rea + lize = **realize**

發覺　He doesn't **realize** that his wife is asleep.
他沒發現他太太已經睡著了。

b + ree + ze = **breeze**

微風　Do you feel the **breeze**? 你感覺到這陣風嗎？

s + nee + ze = **sneeze**

打噴嚏　I **sneeze** a lot. 我常常打噴嚏。

s + quee + ze = **squeeze**

擠壓　Zona **squeezes** some juice from an orange.
若娜從柳丁裡擠出汁來。

*藍色字為教育部國中英文單字2000內之單字

301

G

N

O

P

U

V

台灣廣廈 國際出版集團
Taiwan Mansion International Group

國家圖書館出版品預行編目（CIP）資料

我的第一本自然發音記單字 / Dorina, 陳啟欣著. -- 初版. -- 新北
市：國際學村，2020.02
　　面；　公分
ISBN 978-986-454-117-1

1.英語 2.詞彙 3.發音

805.12　　　　　　　　　　　　　　　　108021900

國際學村

我的第一本自然發音記單字【QR碼行動學習版】

作　　　者／Dorina(楊淑如)、
　　　　　　陳啟欣

編輯中心編輯長／伍峻宏・編輯／古竣元
封面設計／張家綺・內頁排版／東豪印刷事業有限公司
製版・印刷・裝訂／東豪・弼聖・明和

行企研發中心總監／陳冠蒨
媒體公關組／陳柔彣
綜合業務組／何欣穎

線上學習中心總監／陳冠蒨
數位營運組／顏佑婷
企製開發組／江季珊、張哲剛

發　行　人／江媛珍
法律顧問／第一國際法律事務所 余淑杏律師・北辰著作權事務所 蕭雄淋律師
出　　　版／國際學村
發　　　行／台灣廣廈有聲圖書有限公司
　　　　　　地址：新北市235中和區中山路二段359巷7號2樓
　　　　　　電話：（886）2-2225-5777・傳真：（886）2-2225-8052
讀者服務信箱／cs@booknews.com.tw

代理印務・全球總經銷／知遠文化事業有限公司
　　　　　　地址：新北市222深坑區北深路三段155巷25號5樓
　　　　　　電話：（886）2-2664-8800・傳真：（886）2-2664-8801
郵政劃撥／劃撥帳號：18836722
　　　　　　劃撥戶名：知遠文化事業有限公司（※單次購書金額未達1000元，請另付70元郵資。）

■出版日期：2020年2月
　　　　　　2024年9月10刷

ISBN：978-986-454-117-1
版權所有，未經同意不得重製、轉載、翻印。